Flora S. Mahler

Julie Leyroux

Roman

müry salzmann

„Ein gut geplanter Skandal ist zwei wert."

Michèle Bernstein. Alle Pferde des Königs

„Da ist immer etwas Abwesendes, das mich quält."

Camille Claudel. Brief an Rodin 1886

„Als ich also um die erste Stunde der auf den 7. Januar des laufenden Jahres 1610 folgenden Nacht die Gestirne des Himmels durch das Fernrohr betrachtete, geriet mir der Jupiter ins Bild, und da ich mir ein sehr vorzügliches Instrument gebastelt hatte, erkannte ich (was vorher wegen der Schwäche des anderen Gerätes nie gelungen war), dass bei ihm drei Sternchen standen, die zwar klein, aber sehr hell waren. (...)
Es wurde mir daher zur zweifellosen, entschiedenen Gewissheit, dass es am Himmel drei Sterne gebe, die um den Jupiter kreisen wie Venus und Merkur um die Sonne. Das wurde später durch mehrere weitere Beobachtungen schließlich sonnenklar, und zwar, dass es nicht nur drei, sondern vier um den Jupiter kreisende Wandelsterne gibt."

Galileo Galilei. Sidereus Nuncius

Prolog

Fünf bis sieben Minuten Anfang August 2020 in einer Halle in Brüssel

Beziehungen zu Kunstwerken folgen den Gesetzen aller Beziehungen, sie durchlaufen Phasen. Die einen vergisst man, an andere erinnert man sich, für manche schämt man sich, auf einzelne ist man stolz.
Und dann gibt es die eine. An ihr hat man gelitten. Weil man nicht verstanden hat, warum ihr Glück so fordernd ist. Und nicht gewusst: es kommt kein größeres nach.

Dass meine erste Reise nach einem reiselosen halben Jahr ausgerechnet Brüssel zum Ziel hatte, hat mit so einer seltenen, glücklich-unglücklichen Liebe zu einem Kunstwerk oder besser einer Künstlerin zu tun. Dabei hatte ich mir in den ersten Tagen des Lockdowns im März 2020, eingeschüchtert von dieser Stille, die ich bis dahin nur aus Horrorfilmen kannte, vorgenommen, sobald es wieder möglich wäre, ans Meer zu fahren. Für jemand, der als Kind kaum je über Wien hinausgekommen ist, hieß ans Meer fahren immer auch, sich versichern, dass von der Enge der Kindheit nichts übrig war. Abgesehen davon ist es schön, am Meer zu sein. Denn das Meer ist *schön. Und doch. Nach einem halben Jahr Pandemie habe ich diese Schönheit nicht mehr gebraucht. Die Bestätigung, erwachsen zu sein. Die kleine Bärbel in mir ist weg.*

Wann genau ich alt geworden bin, kann ich nicht sagen. Nur dass es passiert ist. Und warum. Es kam mit der

Angst. Obwohl. Mutig bin ich nie gewesen. Wer mutig ist, verehrt die Angst. Ich aber fürchte sie. Sublimiere sie. Kompensiere sie. Sehe mir Horrorfilme an, um sie zu therapieren. Mit Erfolg. Nein. Doch auch nicht ganz vergeblich. Was ich dabei gelernt habe.

Verschont geblieben zu sein, ist kein Zustand, in dem es sich gut leben lässt. Man müsste dem Zufall recht geben, und der ist von Natur aus grausam.

Was also tun. Gegen die Stille, das Alleinsein und die Angst. Verreisen. Nicht unbedingt. Und wenn, jedenfalls nicht ans Meer. Überhaupt. Wenn. Keine Natur. Keine Unberührtheit. Keine Weite. Nach langen Wochen auf Distanz hat mich der Gedanke an horizontfüllende Landschaften geradezu erschreckt.

Ich, ich entkam über die Kunst.

Das scheint für eine Kunstkritikerin vielleicht nichts Besonderes, ist es aber doch. Und es war ja auch nicht Kunst im Allgemeinen, sondern das Werk einer Besonderen, das mich befreit hat.

Es begann während eines Gesprächs mit Kolleginnen. Bei Gin & Tonic via Zoom. In dem es zunächst genau darum ging. Um Alkohol und Digitalität. Und wie das eine mit dem anderen zusammenhing. Warum wir bei digitalen Treffen viel mehr tranken als an analogen Abenden. Und was es bedeutete. Tranken wir mehr, weil die soziale Kontrolle vor dem Bildschirm schwächer war, oder tranken wir uns eine Situation schön, die uns grundsätzlich enttäuschte. Und wenn ja, was fehlte uns. Der gemeinsame Ort. Die flüchtigen Berührungen. Schon. Auch. Was ich aber weitaus mehr vermisste, war der

Geruch des gemeinsamen Ortes, der flüchtig berührten Stelle, der Wange, der Hand. Das irritierte mich nämlich auch in der virtuellen Begegnung mit Kunst. Dass ich sie nicht roch. Im Gegensatz zu den meisten, die Eulenwesen sind, bin ich im Ausstellungsraum ein Hund.
Ich folge Markierungen. Spuren. Rieche das Material, die Leinwand, den Stein, das Silikon, die Kabel, die Wärme eines Beamers, nehme das Knistern eines Bildschirms wahr, das Licht eines Schriftzugs, die rohe Betonwand, auf die es trifft. Ich wittere die PerformerInnen, die mit mir im Raum sind, und die BesucherInnen, die vor mir da waren, ihre Anstrengung, ihr Staunen, ihre Erleichterung.
Kunstwerke atmen. Diese Lebendigkeit macht mich glücklich. Und glücklich zu sein, macht jung.

Wann ich mich das letzte Mal wirklich jung gefühlt habe.
Es war vor etwas mehr als vier Jahren. In einer Galerie in Wien. In der Begegnung mit einer kleinen Serie transparenter Kästchen, die da ausgestellt waren. Einem dieser Kästchen bin ich letzte Woche nach Brüssel gefolgt. Das heißt, genau genommen bin ich nicht des Kästchens wegen nach Brüssel gereist, sondern wegen eines Versprechens, das seine Erschafferin denen gab, die sich an einem bestimmten Sommerabend 2020 vor ihm einfänden.
Ich hatte nicht erwartet, dass sich in Krisenzeiten viele an dieses Versprechen erinnern würden. Und erst recht nicht an das Datum, an das es geknüpft war. Ja, ich hätte verstanden, wenn überhaupt niemand gekommen wäre.

In der Halle, in der sich an jenem Abend Anfang August eine fast gefährlich große Gruppe an Menschen zusammenfand, blieb es trotzdem seltsam still. Dabei war der Raum gut belüftet. Das Tor, das am schmäleren Ende der Halle direkt in einen begrünten Innenhof führte, stand offen, und mir fuhr von draußen ein leichter Wind in den Rücken. Er trug noch die Kraft der ungetrübten Nachmittagssonne in sich, war heiß und trocken und kletterte bald wie Efeu die alten Ziegelwände hinauf, um sich oben, im holzverstärkten Giebel, zu einer Wolke zu verdichten, zu erkalten und wieder abzusinken. Der matt grau schimmernde Boden, auf den er sich am Ende seines Weges niederließ, war rund um den schmalen Tisch, um den wir uns versammelt hatten, stärker abgenutzt als anderswo.

Das unscheinbare Gebäude, das die Halle umschloss, lag am Beginn einer leicht abschüssigen Einbahnstraße. Zuletzt war es entkernt und die einstige Autowerkstatt als Kunstraum adaptiert worden.

Der Name „Garage" war geblieben, weil er dem Charakter des Off-Space, der hier geplant war, genau entsprach. Diese Halle wollte kein Ausstellungshaus wie andere sein, kein Ort mit festem Programm und klaren Regeln, sondern ein experimenteller Raum, in dem neue Formen der Teilhabe und Begegnung mit Kunst ausprobiert werden sollten.

Was damit gemeint sein konnte, zeigte ein Blick in den verwilderten Innenhof, auf die Gräser und Strauchpflanzen, die aus dem Pflaster eines ehemaligen Parkplatzes wuchsen. Diese wilde Grünfläche war sowohl

Ergebnis einer künstlerischen Intervention als auch einfach nur eine Wiese, auf der man sich, insbesondere im Sommer, gern aufhielt. Aufgehalten hatte. In den Sommern zuvor. In diesem nicht, weil die „Garage“ mit Anstieg der Infektionszahlen Mitte März behördlich geschlossen worden war. Als man sie nach Abflachen der Welle Mitte Juli wieder geöffnet hatte und mit ihr den Hof, hatte keiner mehr Lust gehabt. Auf den Sommer und das Bild einer alles überwuchernden Natur.
Auch an diesem bestimmten Abend Anfang August war der Hof leer. Dafür die Halle voller als sonst.

Auf einem schmalen Tisch stand ein Kästchen aus glasähnlichem, transparentem Material. Sein Inhalt. Ein Versprechen. Die Erwartung. Fünf bis sieben besondere Minuten, deren Beginn von jenem Zeitschloss abhing, mit dem das Kästchen versehen war.

Was mit uns passierte, als das Kästchen aufsprang. Das kann und will ich nicht erzählen. Ich will es nicht, weil es verantwortungslos wäre. Weil ich verantwortungslos war.
Was ich erzählen kann. Ist.
Kurz nachdem der leichte Wind sich gelegt und über der Wiese im Hof einen sternenklaren Himmel hinterlassen hatte, war das Kästchen aus der Halle verschwunden.

Seither warte ich im Hotelzimmer auf das Ende meiner selbst verordneten Quarantäne. Dabei habe ich mich noch nie so lebendig gefühlt. Und nie so einsam.

I.
Mona oder Die Liebe

Ein Abend Ende Jänner 2016 in Wien

Als Mona das Café Semper betrat, verfing sich ihr Blick in einem der Spiegel, die im oberen Bereich des laubenartigen Eingangs angebracht waren. Sie nahm ihre Kopfhörer ab und lockerte den Schal. Dabei hatte Mona sich vor Jahren abgewöhnt, in der Öffentlichkeit auf ihr Spiegelbild zu reagieren. Sie mochte es nicht, wenn andere sie dabei beobachteten, wie sie sich eine Strähne aus dem Gesicht strich oder den Kragen ihrer Bluse richtete. Mona sah sich um. Das Café war halbleer. Sie war zu früh. Sonst war sie nie zu früh, weil sie außer Spiegeln auch unentschiedene Situationen nicht mochte und Auf-jemand-Warten eine besonders unklare war. Was, wenn sich etwas dazwischenschob und Claire nicht kam, dann wäre Mona hier im Café allein, ohne sich in diesem Gefühl eingerichtet zu haben, und das fände sie unbefriedigend, nicht das Alleinsein selbst. Im Gegenteil, Mona war ganz gern allein. Zuletzt. Wieder. Sie setzte sich ans Fenster, drüben, bei den Zeitungs- und Billardtischen, mit Blick auf die Tür und hinaus auf den Vorplatz, der im Sommer als Gastgarten diente.

Mona bestellte ein Glas Weißwein, rief die Kellnerin zurück, „und einen Espresso, bitte!“. Ihr war eben wieder eingefallen, wie sauer der Wein im Semper war und dass sie sonst etwas essen müsste, um ihren Gaumen zu beruhigen. Doch sie hatte keinen Hunger. Mona nahm ihr iPhone aus der Tasche. Claire hatte versprochen, Bescheid zu geben, falls sie sich verspätete. Der ältere Mann am Tisch vor ihr, der eben gezahlt und seinen Kopf so ruckartig ein paar Mal in ihre Richtung gedreht hatte, dass seine Bewegungen ihr wie die eines Vogels erschienen waren, wies sie mürrisch auf das Handy-Verbotsschild an der Wand gegenüber hin. Dabei hatte Mona noch nicht einmal telefoniert. Warum hatte sie sich überhaupt in diesem Café verabredet, in das sie sonst nie ging? Selbst früher, als sie um die Ecke Kunst studiert hatte, war sie kaum jemals hierhergekommen.

Und es war ihre Idee gewesen. Sie erinnerte sich, dass Claire einen Gegenvorschlag gemacht hatte, aber sie gesagt hatte, sie wäre dann gerade in der Nähe, obwohl das nicht stimmte. Mona trank den Wein in kleinen Schlucken. Dachte, dass sie Claire jetzt nur mehr ein paar Minuten gab, und ihr Blick folgte ein paar Leuten, die gerade den Vorplatz querten und über die Straße auf die hell erleuchteten Schauräume einer Galerie zuliefen, die „Zimmer, Küche, Bad in Arkadien" hieß und in Wien seit einigen Jahren zu den wichtigsten Playern im Feld zeitgenössischer Kunst zählte. Der Name Julie Leyroux war in großen, schwarzen Lettern auf das Schaufensterglas gemalt. Mona konnte ihn von ihrem Platz aus gut lesen. Jetzt wusste sie, warum sie an diesem Donnerstagabend ausgerechnet ins Café Semper hatte kommen wollen und es sich zugleich niemals hätte eingestehen können. Gegen das trockene Gefühl im Mund, das sich sofort einstellte, konnte auch der Espresso nichts ausrichten.

Dabei hatte sich der Name Julie Leyroux bereits vor etwa zwei Monaten auf der Vienna-Art-Week-Party im Dorotheum wieder in Monas Leben gedrängt. Noch während Preview und Sektempfang in den weitläufigen Räumen der Beletage, in denen Kunstschaffende und Kunstsammelnde sich langsam mischten. Um Antwort auf die Einladung wurde im Vorfeld gebeten. Zur Begrüßung eine Rede. Dann noch eine. Danach hatte man Zeit, sich die Werke internationaler Kunst zu besehen, die Tage später versteigert wurden, ehe alle ins Foyer hinunterdrängten zu den Wein- und Cocktailbars, die Gratisgetränke ausgaben.

Die große, zweiläufige Treppe nahm sich wie eine mehrere Ebenen umspannende Bühne aus, die ihre Arme weit in den Raum streckte und die von oben Kommenden wie Showstars auf eine Tanzfläche entlud. Playlists von Kuratoren, die ihren Schreibtisch an diesem Abend gegen ein DJ-Pult tauschten, erzeugten gute Vibes. Der Wegfall jener ökonomischen Schranke, die sonst den Zugang zu Sekt, Wein und Wodka regelte, sorgte für ausgelassene Stimmung. Im Gegensatz zu den meist Smart Casual gekleideten Sammlern, die sich Sekt und Cocktails hätten leisten können, lebte der überwiegende Teil der Künstler und Künstlerinnen jenseits dieser Party im Prekariat. Obwohl alle, die hier tranken, sich klar über die vielen erhoben hatten, die, kaum von der Kunsthochschule ausgespuckt, auch schon wieder in der kunstfernen Normalität mehr oder weniger geregelter Arbeit verschwunden waren. Sie alle, die sie hier am

Strohhalm ihres Caipirinha oder Strawberry-Daiquiri kauten, hatten den Sprung in den Ausstellungsbetrieb geschafft, waren in Wien nicht mehr ganz unbekannt und durch die eine oder andere Galerie im Ausland vertreten. Ihr Leben finanzieren konnten die meisten damit nicht. Die geldmächtige Kunst der Beletage war nicht die ihre. Unter all den Objekten und Bildern fand sich in diesem Jahr überhaupt nur der Name einer einzigen jüngeren Künstlerin, die sich mit Wien in eine nähere Verbindung bringen ließ.

Mona sah sich um. Sie hatte ihre Unlust überwinden, sich einen Ruck geben müssen, auf die Party zu gehen. Hätte sie sich den Gedanken erlaubt, dass sie nichts versäumte, wäre sie zuhause geblieben. Zu unangenehm war die Erinnerung an ihren Absturz vor zwei Jahren. Es war nicht die glücklichste Zeit in ihrem Leben, als ihre beiden Teenagerkinder sich im Zuge ihrer Scheidung entschieden hatten, bei ihr aus- und in die früher gemeinsam genutzte Wohnung ihres Ex-Mannes wieder einzuziehen. Für ein paar Monate hatte sie danach die Kontrolle über sich verloren. Die Panikattacken, die sie allmorgendlich heimsuchten und die sie mit Downern flach hielt. Die Uppers, damit sie tagsüber arbeiten konnte.
An jenem Abend vor zwei Jahren hatte sie, ehe sie ins Dorotheum ging, außerdem noch ein paar Lines hochgezogen und den Tag über kaum etwas gegessen. Nach dem dritten Strawberry-Daiquiri war sie plötzlich abgehoben und weggeschwebt in ihren roten Schuhen, dem kurzen Kleid, ihrem mintgrünen Herbstmantel, den sie

anbehalten hatte, und den mintgrünen Strümpfen, die sie immer zu diesem Mantel trug. Eine Prinzessin war sie gewesen, ein Rotschühchen oder Mintwittchen mit ebenholzschwarzem Haar. Es war gerade ein Song von Madonna gelaufen. Express yourself. Mona erinnerte sich noch, wie gut es sich angefühlt hatte, als ihre Füße sich vom Boden lösten, sie höher und immer höher stieg, sich über die tanzende Menge erhob, den undeutlicher werdenden Geräuschnebel hinter sich lassend, bis sie endlich irgendwo, sehr weit oben, eintauchte in Wolken von Lila und Blau.

Claire, die sie nachhause gebracht hatte, erzählte ihr anderntags, dass ihre Bewegungen objektiv betrachtet nicht sonderlich schwerelos gewirkt hatten, sie vielmehr wie ein Zombie über die Tanzfläche gestolpert war, sich dort einem Kurator des 21er Hauses an den Hals geworfen und kurz darauf auf seine neue Prada-Hose übergeben hatte. Dass Mona diesem Kurator dennoch bald wieder in die Augen sehen konnte, lag zum einen daran, dass ihre schön und tiefbraun waren, sie überhaupt sehr schön war, mit ihren dichten Locken und vollen Lippen eine feenhafte Erscheinung abgab und dieser Kurator einer Fee weitaus lieber verzieh als einem Junkie. Zum anderen übernahm sie, ohne zu zögern, die hohe Rechnung der Reinigung.

In diesem Jahr trug Mona flache Schuhe und eine schwarze Hose, darüber einen schwarzen Strickpulli, auf dessen Vorderseite mit weißen Wollfäden die Silhouette eines Elefanten eingearbeitet war. Mona hatte diesen Pulli in einem Anfall von Sentimentalität gekauft, auf einem dieser langen Spaziergänge durch die Stadt, wie sie sie in ihrer rekonvaleszenten Phase so häufig unternommen hatte. Sie hatte ihn in der Auslage eines Wollgeschäfts entdeckt, dessen alte Besitzerin noch selbst bediente. Ihr gegenüber hatte Mona all ihren Charme aufbieten und eine große Tierliebe ins Spiel bringen müssen, um sie davon zu überzeugen, ihr den Pulli, eigentlich ein Dekorationsstück, zu verkaufen. Dabei war Mona gar keine besondere Tierfreundin, im Gegensatz zu ihrer Tochter. Mit sieben Jahren hat diese eine fast manische Liebe zu Elefanten entwickelt. Ein Pulli wie dieser wäre für sie damals der Inbegriff von Glück gewesen. Heute würde sie sich um nichts in der Welt in einem solchen Teil in der Öffentlichkeit zeigen, aber Mona, die Künstlerin, konnte alles tragen.

Mona war allein ins Dorotheum gekommen, weil der Freund, der sie begleiten sollte, krank geworden war und sie sich nicht mehr die Mühe gemacht hatte, jemand anderen zu fragen. Und dann lief ihr auch schon, kaum dass sie den Hauptsaal der Beletage betreten hatte, D über den Weg. Das heißt, sie wäre ihr über den Weg gelaufen, hätte Mona sich nicht hinter einer Gruppe von Männern in Kaschmir-Turtlenecks vor ihr in Sicherheit gebracht.

D hatte fast unmittelbar nach Abschluss ihres Kunstgeschichte-Studiums eine kuratorische Assistenzstelle in einem großen Kunstverein in Deutschland ergattert, wenn auch nicht allzu lange behalten. Denn die Direktorin, mit der D ins Haus gekommen war, wechselte nach nur eineinhalb Jahren an ein anderes, und ihr Nachfolger hatte keine Verwendung mehr für sie. Also war D wieder nach Wien zurückgekehrt. Seither schlug sie sich mit Projektassistenzen, dem Schreiben von Ankündigungs- und Katalogtexten so durch und hatte, weil sie einigermaßen termin- und theoriesicher war, mittlerweile für die Hälfte aller Wiener Künstler und Künstlerinnen schon einmal etwas geschrieben. Nur für Mona hatte sie noch nie eine Zeile verfasst. Als Mona sie während ihrer Zeit in Deutschland darum gebeten hatte, hatte D abgelehnt, und später hatte Mona lieber jemand anderen gefragt. Nichtsdestotrotz war sie viel mit D zusammen gewesen, hatte Veranstaltungen mit ihr besucht, Talks und Partys, sich über die Jahre immer regelmäßiger mit ihr getroffen. Dann war Ds Art ihr unheimlich geworden, später peinlich, zuletzt beides zugleich.

Mona beobachtete, wie D sich ein Glas Sekt vom Tablett eines Cateringtypen fischte, es hinunterstürzte und sich ein zweites nahm, ehe sie auf eine Frau mit heiserer Stimme zusteuerte, die Mona nicht kannte.
„Wo hast du denn das Glas her?“, hörte Mona diese fragen.
„Bist du auch eben erst gekommen?“, fragte D zurück. Sie stand jetzt schräg vor ihr.
„Nein, ich habe bloß noch keinen Sekt erwischt.“
„Da, nimm einen Schluck von meinem“, und weil ihr Gegenüber zögerte, „du kannst auch einfach das ganze Glas haben, ich muss jetzt noch nichts trinken… Habe ich was versäumt?“
„Nur das übliche Blabla und Blingbling. Ich hätte mich davor ja schon ins Foyer geflüchtet, aber so halbleer ist

es mir da unten einfach zu kalt. Irgendwie haben sie heuer kräftig an der Heizung gespart."
„Dafür ist es hier oben zu warm", befand D und trank selbst einen Schluck. „Eiszeit für die Party, großzügig temperierte Räume für die Kunst. Hast du sie dir schon angesehen?"
„Wozu ... es ist doch ohnehin Jahr für Jahr dasselbe!"
D nickte, erklärte, dass auch sie die Werkschau hier von Mal zu Mal enttäuschender fand, hob dann aber trotzdem interessiert den Kopf. Auch Mona sah sich um. Als ihr Blick auf zwei Fotos fiel, die nahe der Turtlenecks an der Wand hingen, hörte sie D überrascht ausrufen:
„Was macht denn die hier?!"
Mona drehte sich um. Doch D zeigte auf eine Silberschale.
„Julie Leyroux ..." Sowohl Fotos als auch Silberschale waren mit diesem Namen signiert.
Was Mona mit ihm verband, gehörte nicht in diese Räume.
Erst jetzt stürzte D auf Mona zu, begrüßte sie und zog sie zu einem der Lesepulte, auf denen Kataloge zur Ansicht auflagen.
„Ich kann ohne Brille nichts lesen." D nahm den Katalog vom Pult und hielt ihn Mona hin, obwohl sie bereits wusste, dass Fotos und Silberschale eine „social sculpture" dokumentierten, dass „social sculpture" bei Leyroux eine Mischform aus Happening und Performance war und diese frühe hier den Titel „Kaviar Massaker" trug.
Es war eine Weile her, dass Mona jemand von Julie hatte reden hören, und sie wurde rot, wie früher manchmal als Kind, wenn sie sich bei einem Gedanken ertappt

fühlte. Und wie damals machte es Mona wütend. Ertappt zu werden. Und rot. So riss sie D den Katalog aus der Hand und begann darin zu blättern. Sagte gerade noch, „du hast dich geirrt, da ist kein Text über die Leyroux“, als diese ihr neben einem längeren Kommentarteil und einer Aufnahme der ausgestellten Silberschale von einem Portrait-Foto entgegensah, herausfordernd selbstsicher und doch zugleich mit diesem Anflug von Melancholie, der ihrem Ausdruck eine Intensität verlieh, der man sich nur schwer entziehen konnte.
D beugte sich neben Mona über die aufgeschlagene Seite und legte ihren Arm um Monas Schulter. Mona war das unangenehm. Diese Berührung. Ds Nähe. Dabei roch D an diesem Abend weniger als sonst nach kaltem Schweiß und zu viel Sekt.
„Sie sieht gut aus ...“
„Wer?“
„Na, die Silberschale!“ D lachte.
Mona lachte nicht mit, meinte nur: „Schon möglich ... ich verstehe nicht viel davon“, und schüttelte Ds Arm ab. Sie hätte jetzt gern die Frau mit der heiseren Stimme ins Gespräch gezogen, aber die hatte sich bereits in der Menge im Saal verloren.
„Ich kenne das Werk der Leyroux ziemlich gut“, D richtete sich auf, „immerhin hatte ich schon mal vor, es zu zeigen, zuletzt im Kunstverein. Leider kam ich nicht mehr dazu.“
Mona sah sie erstaunt an.
„Davon hast du mir nie erzählt.“
D tippte auf Julies Portrait. „Deshalb war ich ja auch bei der Erst-Performance von ‚Kaviar Massaker‘. Ich

bin damals sogar eigens nach Wien geflogen." Sie ließ ihren Zeigefinger langsam zur Abbildung der Silberschale hinüber wandern.

„Und?"

„Was und?"

„Hast du sie getroffen ... hast du noch Kontakt?"

„Zur Leyroux?"

Mona nickte.

„Du hältst wohl viel von ihr?"

„Ich ... nein, dafür weiß ich über ihre Kunst zu wenig."

„Ich mag vor allem ihre frühen Arbeiten", erklärte D, „ihre neueren social sculptures sind mir zu spekulativ. Das gilt im Grunde für alles, was sie heute macht. Und von den frühen, da finde ich ‚Kaviar Massaker' eine ihrer besten. Das sage ich, obwohl ich damals erst mal enttäuscht war."

D redete gern und viel. Und so folgte ein Schwall über Julies Performance, ihren folgenreichen ersten Soloauftritt in Wien, der mehr als zehn Jahre zurücklag, dreizehn, um genau zu sein. Über „Zimmer, Küche, Bad in Arkadien", Anns Galerie, die damals noch nicht im 6. Bezirk lag, sondern im 15., in einem miesen, kleinen Ladenlokal, „das war total absurd, diese riesige Dose Kaviar in so einem Ambiente". Wobei niemand wusste, was passieren würde, was die Leyroux denn nun eigentlich für die Eröffnung plante. „In der Galerie stand nichts weiter als ein leerer Sockel, im Hintergrund lief Musik ..." Welche, daran konnte D sich nicht mehr erinnern. Nur dass die Leyroux lange auf sich warten ließ. Schließlich fuhr sie vor, parkte in zweiter Spur, nahm eine große silberne Schale vom Rücksitz, betrat damit die Galerie und stellte sie auf den Sockel. Dann schickte sie jemanden um einen Eimer voll Eis in die McDonalds-Filiale gleich um die Ecke. Sie füllte die Schale mit dem gecrushten Eis an, zog eine obszön große Kaviardose aus der Jackentasche, leerte ihren Inhalt über dem Eisberg aus, stieg wortlos ins Auto und raste davon. „Erst reagierte niemand, standen wir alle nur da, aber in der Galerie wurde es plötzlich sehr heiß, und das Eis begann zu schmelzen. Die Skulptur reagierte zunächst für uns." Und dann. Reagierte D mit Wut. Snobismus und Lässigkeit der Leyroux hatten sie provoziert. „Uns Kaviar vorzusetzen, mitten in einem Arbeiterbezirk!" Das schien ihr nicht gerade subtil. Sie hatte sogar kurz daran gedacht zu gehen. „Als jemand neben mir mit bloßen Fingern in den Kaviarhaufen griff und sich eine Portion der Luxuskügelchen in den Mund stopfte. Kaute. Schluckte. Und ‚Kunst ist asozial' rief, ‚und sie schmeckt nach Fisch', da wurde mir endlich klar, was das hier war, und so habe ich auch zugelangt..." Nach einer Weile war die Schale leer. Wasser und Kaviarschlamm auf den Boden geschwappt. Rund um den Sockel hatte sich ein kleiner, grauer See gebildet. „Die Sache schien im Prinzip gelaufen, bis Ann, die sich zuvor ebenfalls am Kaviar bedient hatte, damit begann, ihre Finger an der Galeriewand abzuwischen... Irgendwer hatte später noch die Idee, das Wasser aus der Schale auf die Wände zu klecksen. Der Abend wurde ziemlich messy. Nach einer Stunde kam die Leyroux zurück, sah sich um und sprayte die Worte ‚Kaviar Massaker' an die Wand..." Ds Blick suchte jetzt nach den beiden Fotos, die ihnen gegenüber an der

Wand hingen, „die Leyroux hat diese social sculpture später noch in zwei, drei anderen Städten realisiert und das Geschehen filmen und fotografieren lassen, leider nicht schon in Wien, sonst wäre ich auf einem dieser Bilder zu sehen…“
Mona klappte den Katalog zu und legte ihn aufs Pult zurück.
„Wollen wir langsam auf die Party?“
„Ich habe übrigens gelesen, dass die Leyroux Ende Jänner wieder in Wien bei Ann ausstellt“, sagte D noch, aber Mona war da bereits an der Tür.

An guten Tagen genoss Mona, dass sie auf Eröffnungen oder Partys nie lange allein blieb, ja fast ohne Pause von Gespräch zu Gespräch wechseln konnte. Gemessen an den beiden Kategorien, in die sie selbst ihre Bekannten teilte, die sozialphobischen, denen man jedes Wort einzeln aus der Nase ziehen musste, und die histrionischen, die zwar stets nur um sich selbst kreisten, dabei aber weniger anstrengend waren, gehörte Mona dann eher zur zweiten. An schlechten Tagen gehörte sie nirgendwohin. Aber an solchen ging sie auch nicht aus. Dafür hatte es sie zu viel Arbeit gekostet, an guten wieder öfter im Mittelpunkt zu stehen. Wie es für sie überhaupt nicht einfach gewesen war, nach der Geburt der Kinder und dem Rückzug in Heim und Familie in der Szene wieder Fuß zu fassen. Die Runden, die sie auf Events wie diesem drehte, waren für sie deshalb immer auch Bestätigung dafür, dass sie angekommen war.
Nur an diesem Abend fühlte sie sich plötzlich ungewöhnlich müde, und als Beavis und Butt-Head, zwei

blutjunge spitznasige Künstlerkollegen, sie am Rand der Tanzfläche entdeckten und in Beschlag nahmen, unterbrach sie die beiden mitten im Satz, entschuldigte sich und ließ sie stehen.

Noch ehe der Kurator, auf dessen Hose sie sich vor zwei Jahren übergeben hatte, die Regler am DJ-Pult übernahm und ausgerechnet mit jenem Song von Madonna loslegte, bei dem Mona damals abgehoben war, hatte sie das Dorotheum bereits verlassen.

Die Akademie

Mona studierte Malerei. Dabei hat sie als Kind weder besonders gern gezeichnet noch gemalt. Sie hatte ein ausgeprägtes Zahlengedächtnis und war eine hervorragende Kopfrechnerin, was sie eine Zeit lang sogar in Wettbewerben unter Beweis stellte. So kam sie in ein Gymnasium mit Schwerpunkt Naturwissenschaften, und es waren Molekularstrukturen und technische Konstruktionspläne, das filigrane Zeichengerüst komplexer Formeln, die Notationen von Stromkreisläufen, an denen sich ihre Liebe zur Kunst zuallererst entzündete. Mona wuchs in einem Vorort von Wien auf und hatte keine Geschwister. Weil ihre Mutter als Kindergärtnerin ohnehin ständig von vielen Kindern umgeben war. Und ihr Vater sie wie drei liebte. Er war Projektleiter, Mitte der Siebziger als Architekturstudent aus dem Iran nach Wien gekommen. Als ihre Mutter schwanger wurde, gab er die Architektur auf und suchte sich einen Job in einer großen Baufirma. Dort arbeitete er sich im

Laufe der Jahre ins mittlere Management hoch. Er war nach der Revolution nie wieder im Iran gewesen und hatte mit Mona nie Persisch gesprochen, was diese sehr bedauerte.

Mit Beginn des Malereistudiums zog Mona nach Wien, in eine kleine Wohnung, die ihre Eltern zahlten. Dabei waren sie von ihrer Studienwahl nicht sonderlich begeistert gewesen, hätten es lieber gesehen, sie wäre ihrer mathematischen Begabung gefolgt. Bis sie die Aufnahmeprüfung an der Akademie gleich beim ersten Versuch bestand. Wäre ein zweiter nötig gewesen, hätte sie die Malerei ohnehin sein lassen. Denn größer als jede Begeisterung für eine Sache war ihre Unlust, zu warten.

Ihren ersten Sex hatte Mona kurz vor ihrem 17. Geburtstag. Ein Junge aus ihrer Schule. Alle ihre Freundinnen waren in ihn verliebt gewesen. Sie nicht, aber sie hatte es satt, auf den richtigen Typen zu warten. Auch ihre erste echte Beziehung ein paar Jahre später ging sie weniger aus Begeisterung denn aus Ungeduld ein. Mit einem Studienkollegen, der ein wenig älter war als sie. Sie mochte seine feingliedrigen Hände und dass er nie genug davon bekam, sie zu lecken. Anfangs gefielen ihr auch seine Künstlerallüren. Bald aber langweilte er sie damit, und als er ihr nach einer Weile vorschlug, zusammenzuziehen, trennte sie sich von ihm. Sie hatte danach einige One-Night-Stands und Affären mit Nichtkunststudenten, von denen keine die Ein-Monats-Marke überschritt. Das lag vor allem daran, dass Mona sich emotional nie stark engagierte, nie ein Gefühl von Schmetterlingen im Bauch hatte und keine Herzen

durch die Luft schwirren sah. Das sollte übrigens so bleiben, bis sie Mitte dreißig war.
In ihrem dritten Studienjahr landete Mona schließlich mit K, ihrem Professor an der Akademie, im Bett. K war ein erfolgreicher Künstler, Mitte vierzig, der viel auf sein Aussehen und seinen Ruf als Womanizer gab, aber ein Alkoholproblem hatte und sich an jenem Abend, an dem er Mona mit in seine Wohnung nahm, so sehr betrank, dass er keinen hochkriegte. Dass Mona darauf nicht verständnisvoll reagierte, nahm er ihr übel, insbesondere, als sie sich auf einen zweiten Versuch ein paar Tage später nicht mehr einlassen wollte. Bei ihrem Diplom im darauffolgenden Jahr verweigerte er ihr als einziger seine Ja-Stimme und brachte sie damit um eine Auszeichnung.

Mona lernte Julie in ihrem letzten Studienjahr kennen. Sie war einundzwanzig, Julie dreiundzwanzig Jahre alt. Mona verbrachte viel Zeit in ihrem Atelier an der Akademie. Sie arbeitete nicht gern allein, im Gegenteil, sie konzentrierte sich besser, wenn um sie herum Bewegung war. Mona teilte ihr Atelier mit zwei mäßig begabten jüngeren Malern, die sie mit guter Musik versorgten, und dem älteren, mit dem sie einige Zeit zusammen gewesen war. Die einzige Kollegin hatte vor dem Sommer ihren Abschluss gemacht und war mit ihren Sachen ausgezogen. Deshalb war zu Semesterbeginn im Herbst 2000 in Monas Atelierraum ein Platz frei.

In der Akademie galt damals noch ein sogenanntes Meisterklassensystem. Man studierte nicht einfach Kunst, sondern eine bestimmte Richtung, etwa abstrakte Malerei, in der Klasse einer bestimmten Professorin oder eines Professors. Die Klasse war der Rahmen, innerhalb dessen man sich während seines Studiums bewegte. An ihr orientierte sich die Zuteilung des Atelierplatzes. Der Austausch mit Studierenden anderer Kunstrichtungen hielt sich auch deshalb in Grenzen. Trotzdem war die Akademie ein überschaubarer Kosmos, und man kannte sich. Vom Sehen, wenn man wie Mona viel Zeit im Atelier verbrachte. Oder man hatte voneinander gehört, weil man bereits ausstellte oder sonstwie für Aufsehen sorgte. Es gab nur wenige, die völlig unbemerkt blieben, aber nur eine, die alle vom Sehen her kannten und von der jeder und jede irgendwie gehört hatte: Julie.

Schon äußerlich war Julie jemand, den man nicht leicht übersah. Sie war sehr groß, schlank, wirkte athletisch. Sie hatte lange, braune Haare, die sie meist lose mit einem Haargummi am Hinterkopf zusammenband, und grüne Augen, wobei die Iris ihres linken Auges ein wenig dunkler war als die des rechten. Auffällig waren noch ihre kleinen, ein wenig abstehenden Ohren.

Julie wurde in Shanghai geboren. Sie sprach fünf Sprachen und lebte erst seit knapp zwei Jahren in Wien. Ihr Vater war da Attaché an der französischen Botschaft, ihre Mutter, eine Juristin, arbeitete ebenfalls im diplomatischen Dienst. Die ersten eineinhalb Jahrzehnte ihres Lebens verbrachte Julie in Tokio, Canberra, São Paulo und Ottawa. Darauf folgte eine Zeit in Washington. Es hieß, sie habe zwei Hausangestellte geschlagen, als sie mit sechzehn in ein Schweizer Internat geschickt werden sollte. Statt nach Genf zog sie schließlich zu ihrem neun Jahre älteren Halbbruder nach Paris, bei dem sie bis zu ihrem Baccalauréat lebte, wobei sie ein Jahr so gut wie gar nicht zur Schule ging. Dann begann Julie Kunst zu studieren, erst in Paris, später in London. Als ihre Mutter krank wurde, folgte sie ihren Eltern nach Wien. Sie schrieb sich an der Akademie ein, bezog eine Wohnung im 7., in einem Haus, in dem noch andere Künstlerinnen lebten, und man traf sie fortan, vielleicht auch deshalb, eher selten in ihrem Atelierraum am Schillerplatz an. Und wenn doch, dann war sie stets von einem Kreis von Freundinnen umgeben, sobald sie auf den Gängen der Akademie erschien, einen Hörsaal betrat oder rauchend draußen auf den Stufen oder in der Mensa saß.

Julie wusste früh, dass sie auf Frauen stand und die üblichen heterosexuellen Beziehungsmuster ihr nicht lagen. Seit sie sechzehn war, hielt sie sich einen Hof an Liebhaberinnen. Die meisten ihrer Affären fielen ihr zu, ohne dass sie sich allzu sehr darum bemühte. Sie begannen auf Partys, ergaben sich aus Begegnungen auf der Straße oder in einem Lokal. Einige Freundinnen lernte sie im Umfeld ihrer Schule und später der Akademie kennen. Mit manchen Frauen verbrachte sie nur eine Nacht, mit anderen ein paar Tage. Mit einigen lebte, schlief und zog sie monatelang durch die Gegend. Es gab Wochen, da war sie in drei Frauen gleichzeitig verliebt und hatte ständig Sex, um dann von einem Tag auf den anderen allen den Laufpass zu geben. Nicht jede ihrer Bekanntschaften verliebte sich in sie, aber die meisten taten es, und manche verfielen ihr, rückhaltlos und ohne sich zu wehren. Denn es war schön, mit Julie zusammen zu sein. Man fühlte sich stark und einzigartig mit ihr. Das lag an der Art, wie sie sich bewegte, dem Tonfall, in dem sie sprach, an ihrer Impulsivität und ungezwungenen Selbstsicherheit und daran, dass sie nie berechnend war, sondern aufrichtig, auch in ihrer Launenhaftigkeit, und großzügig bis zur Verschwendung.

Es war Claire, von der Mona Ende Oktober erfuhr, dass Julie demnächst in ihre Klasse wechseln und den frei gewordenen Atelierplatz neben ihr einnehmen sollte, auch wenn Claire sich nicht erklären konnte, was Julie in einer Malereiklasse wollte. Claire arbeitete damals bereits als Assistentin von Vivienne, der sechsunddreißigenjährigen Professorin der Konzeptkunstklasse, in die Julie ging. Weil Claire wie Mona ziemlich viel rauchte, halfen sie sich gelegentlich mit Zigaretten aus.

So auch an diesem Nachmittag, als Claire ihr erzählte, dass Julie aus Viviennes Klasse geflogen war. Dabei hatte Julie lange Zeit als Viviennes Lieblingsstudentin gegolten. Claire wusste, dass sich die beiden auch privat getroffen hatten, und war außerdem einmal Zeugin eines Telefonats geworden, in dessen Verlauf Vivienne Julie eifersüchtige Vorhaltungen gemacht hatte. Das Verhältnis der beiden war daraufhin merklich abgekühlt. Vivienne hatte Julie wiederholt verwarnt, angeblich, weil diese Abgabetermine nicht einhielt und zu Besprechungen prinzipiell zu spät kam. Bei einer der letzten Klassensitzungen waren sie und Julie erstmals auch öffentlich aneinandergeraten. Der Streit entzündete sich an einem Roman von Michèle Bernstein, den außer ihnen niemand kannte, und endete in einer hitzigen Debatte über den Begriff des Spektakels im Kontext situationistischer Kunstproduktion. Zum Eklat gekommen war es jedoch erst, als Julie ihre Videoarbeit präsentierte.

Die erste Einstellung zeigte einen Dildo. Die zweite eine Frauenhand, die auf den rosa Schaft des Dildos mit Permanentmarker das Wort „Spektakel" schrieb. Das Bild verschwamm, die Kamera zoomte hinaus in den Raum und schwenkte hinauf auf den „Titanensturz", das monumentale Deckengemälde von Feuerbach in der Aula der Akademie. Schließlich kam wieder die Frau vom Anfang ins Bild. Sie schritt militärisch in die Mitte des Raumes, zog sich aus, ging langsam in die Knie und führte sich im Wechsel von Zoom und Totale den Dildo zehn Mal bis zum Anschlag ein. Die Arbeit hieß „Fuck Spektakelkunst ten times".

Vivienne raste. Sie sah sich bloßgestellt, verhöhnt, empfand das Video als persönliche Abrechnung, bestellte Julie zu sich, und weil Julie sich für den Dreh keine Genehmigung der Akademieleitung eingeholt hatte, wurde sie laut. Erklärte, es ginge nicht an, dass eine ihrer Studentinnen in der Aula Pornos drehte. Dass sie das in Schwierigkeiten brächte. Ob Julie sich nicht vorstellen könnte, unter welchem Druck sie als jüngste Professorin und einzige Frau hier an der Akademie Tag für Tag stünde. Claire fand, dass Vivienne sich schrecklich blamierte. Zumal das mit der einzigen Professorin gar nicht stimmte. Vivienne redete sich schließlich so sehr in Rage, während Julie völlig ungerührt blieb, dass sie

zuletzt gar nicht mehr anders konnte, als Julie nicht nur aus dem Sprechzimmer, sondern gleich aus ihrer Klasse zu schmeißen.
Noch am Gang soll Julie von K, dem Professor von Mona, abgefangen worden sein. Streit und Video interessierten ihn sehr, und er soll sich auf der Stelle bereit erklärt haben, Julie in seine Klasse zu übernehmen. Außerdem habe er eine befreundete Kuratorin von den Kunst-Werken in Berlin auf Julies Video aufmerksam gemacht und die sei davon so angetan gewesen, dass sie es sofort in eine Gruppenausstellung mit dem Titel „Ne travaillez jamais. Zur Aktualität situationistischer Praxis“ aufnahm.

Seither sah Mona dem Erscheinen Julies in ihrer Klasse erwartungsvoll entgegen, und sie war fast enttäuscht, als Julie wochenlang unauffindbar blieb. Sie freute sich darauf, mit ihr bekannt zu werden. Ein paar Mal war sie früher schon länger in einem Gespräch geblieben oder hatte sich eine zweite Zigarette angezündet, wenn Julie zufällig in der Nähe war, aber bewusst gesucht hatte sie ihre Freundschaft bisher nicht.
Mona hatte es nie nötig gehabt, sich um andere zu bemühen, und sie hatte auch nie das Bedürfnis verspürt, Verrücktheiten anzustellen, um jemandes Aufmerksamkeit zu erregen. Wenn sie ihren Appetit nie verlor in Gedanken an jemand, dann auch deshalb nicht, weil sie ohnehin wenig aß. Allerdings hatte sie sich in letzter Zeit manchmal gefragt, ob ihr da nicht grundsätzlich etwas entging und es nicht ein weitaus raffinierteres Vergnügen war, zu werben als umworben zu werden,

weil Abgewiesenwerden vielleicht den größeren Kick versprach, als selbst jemand abzuweisen, was doch zumeist eine mühsame Sache war.

Mona verbrachte ihre Zigarettenpausen am liebsten draußen, auf den Stufen vor der Akademie oder den Bänken des Schillerparks, selbst im Winter. Aber an diesem späten Vormittag Anfang Jänner goss es in Strömen, und so hatte Mona sich von einem Atelierkollegen überreden lassen, in die Mensa zu gehen. Mona betrat den dunklen, stickigen Raum im Erdgeschoß nur ungern, außerdem störte sie es, dass sich viele Ehemalige dort aufhielten. Absolventen aus den Achtzigern, die auch ungebeten in die Atelierräume hinaufkamen und sich mit ihren alten Geschichten an einem festbissen. Sie machten Mona Angst, nicht nur, weil sie tranken, ihr Material oder CDs klauten, wenn sie sie einmal kurz allein ließ, sondern weil sie Untote waren, Leute, die mit Ende ihrer Studienzeit aufgehört hatten, zu existieren, und die es nun als Wiedergänger an den Ort ihrer einstigen Glorie zurückzog wie den Geist einer Motte zum Licht.
An jenem Vormittag saßen fünf Ehemalige bei Wein und Bier an zwei der vorderen Tische, als Mona und ihr Kollege die Mensa betraten. Weil es regnete, war ungewöhnlich viel los. Doch Mona entdeckte Julie sofort. Sie stand in einer kleinen Gruppe bei den Geschirrwägen und rauchte. Mona überlegte, sie anzusprechen, sagte sich, dass sie es täte, wenn Julie, während sie bis drei zählte, einmal kurz in ihre Richtung schaute. Mona zählte, aber Julie hob nicht einmal den

Kopf. Da ließ sie es, ging zur Theke und bestellte einen Kaffee.
Mona sah sich, die Tasse in der Hand, nach einem freien Stuhl in der Nähe der Tür um, als einer der Ehemaligen auf sie aufmerksam wurde. Er starrte sie an. Wütend und seltsam erregt. Mona drehte sich weg. Da sprang der Mann auf, rannte auf sie zu, schrie, „Ich werd' dir zeigen, was Radikalität ist", zog ein Teppichmesser aus der Hosentasche und schnitt sich oberhalb des Handgelenks tief ins Fleisch. Blut spritzte aus der Wunde, tropfte auf den Boden. Als in den Raum seinetwegen Bewegung kam, riss der Mann den verletzten Arm triumphierend hoch und schlug ihn so fest gegen die Wand, dass auf dem Verputz ein schwammiger, tiefroter Fleck zurückblieb. Dann sackte er in sich zusammen. Man versuchte ihn zu verbinden. Er ließ es widerstandslos geschehen. Die Rettung kam und nahm ihn mit.
Der rote Fleck blieb. Auch Jahre später schimmerte das Blut unter immer neuen Anstrichen durch, was der Mensa einen hässlichen Spitznamen eintrug.

In der Aufregung, dem Gedränge, das um den Ehemaligen entstanden war, achtete niemand mehr auf Mona, die so erschrocken war, dass sie sich den heißen Kaffee über das T-Shirt geschüttet hatte. Es klebte ihr dunkel verfärbt am Bauch. Mona war unfähig, sich zu bewegen. Etwas zu sagen. Schaffte es nicht einmal, an sich hinunterzusehen.
Es war Julie, die ihr schließlich zu Hilfe kam.
Sie nahm Mona die leere Tasse aus der Hand, kniete

sich vor sie hin und schob das T-Shirt ein wenig nach oben. Mona rührte sich nicht.
„C'est rien..." Das waren die ersten Worte, die Julie zu ihr sagte, und noch einmal, „c'est rien". Während sie sich erhob, strich ihre Hand über das Tattoo, das oberhalb von Monas Nabel in fünf Reihen angeordnete, bunte halbe und ganze Kreise zeigte. Die Berührung von Julies Hand löste Mona aus ihrer Erstarrung.
Da kam eine Freundin und zog Julie weg.

Die Reise

Mona sah Julie nach diesem Vorfall monatelang nicht wieder. Erst waren Semesterferien. Aber auch danach erschien Julie weder, wie Mona gehofft hatte, im Atelier, noch kam sie zu einer Klassen-Party oder in eines der Lokale, in denen sie sonst gern saß.
Mona war in dieser Zeit öfter als sonst ausgegangen, hatte viel getanzt, getrunken, geredet und geraucht, und auch diese eine Nacht, die sie mit einem Typen verbracht hatte, an dem rückblickend nichts weiter interessant war als sein französischer Akzent, entsprach eigentlich nicht ihrem Jagdverhalten. Julie aber blieb verschwunden.
Bis Mona Mitte April auf dem Weg zu einer Zigarettenpause zufällig an den Seminarräumen des Kunst-und Kulturwissenschaftlichen Instituts vorbeikam. Es war seit ein paar Tagen frühsommerlich warm, und die Tür des letzten Saals stand offen. Mona konnte hören, dass drinnen jemand über Ikonoklasmus sprach. Sie wurde

langsamer. Vor der offenen Tür fiel ihr Blick auf Julie. Diesmal bemerkte auch Julie sie sofort, winkte ihr zu und gab ihr ein Zeichen, auf sie zu warten. Mona winkte zurück und zeigte auf das Fenster, vor dem Julie saß, was soviel hieß wie, ich warte draußen, im Schillerpark, und Julie nickte. Dann holte Julie sie noch auf den Stufen vor der Akademie ein. Nahm ihre Hand und meinte. Sie hätte schon den ganzen Morgen nach ihr gesucht, wäre auch bereits oben im Atelier gewesen. Ließ Monas Hand wieder los. Griff in ihre Jackentasche. Doch statt Zigaretten und Feuerzeug, wie Mona erwartet hatte, zog sie eine Bordkarte hervor. Hielt sie Mona hin.
Ob sie Lust hätte, mit ihr nach Paris zu fliegen. Mona sah Julie ungläubig an. Sie habe in den letzten Wochen viel an sie gedacht, fügte Julie noch schnell hinzu. Und sich darauf gefreut, sie wiederzusehen, und weil es sich damals in der Mensa nicht ergeben hatte, miteinander zu reden, gehofft, Mona fände vielleicht Gefallen daran, das jetzt an einem anderen Ort zu tun. Sie könnten in Paris in der Wohnung ihres Halbbruders bleiben, in der sie immer noch ein Zimmer habe. Das sei zwar ziemlich chaotisch, die Wohnung dafür sehr groß. Und ganz zuletzt, weil Mona immer noch zögerte, meinte Julie, dass sie natürlich auch hier in Wien ...
Da schüttelte Mona den Kopf. Wann der Flug denn ginge.
In nicht ganz drei Stunden.
Und wenn sie sich eben nicht begegnet wären?
Dann blieben ihre Plätze im Flugzeug leer. Julie lachte.
Mona steckte ihr Ticket ein, erklärte, sie müsse noch kurz nachhause, ein paar Sachen packen. Sie verabredeten sich am Flughafen. Um vier Uhr.

Julie wartete schon am Check-in-Schalter, als Mona in der Abflughalle eintraf. Sie winkte ihr zu und umarmte Mona über ihre Reisetasche weg, die diese in der Aufregung abzustellen vergaß und wie ein Polster zwischen ihnen blieb.
Noch bevor sie am Gate angelangt waren, wurde Julie seltsam still. Das machte Mona nervös, weil ihre Mutter Schweigen stets erzieherisch eingesetzt und Mona mit Stille bestraft hatte, wenn ihr Verhalten ihren Erwartungen nicht entsprach. So redete Mona bald mehr mit sich selbst. Auch als sie Julie erzählte, wie sehr sie die Ankunftsbereiche auf Flughäfen hasste, die einen mit ihrer Dramaturgie – Tür öffnet sich, die Ankommenden treten vor eine Menge halb emotionalisierter, halb gelangweilter Wartender – regelrecht auf eine Bühne zwangen.
Kaum hatten sie das Flugzeug bestiegen, das Handgepäck verstaut und ihre Plätze eingenommen, schob Julie sich eine Nachtmaske über die Stirn, meinte, sie hätte sich vor Jahren angewöhnt, beim Fliegen zu schlafen, weil sie den Druck und die schlechte Luft so besser vertrug, und Mona solle es nicht persönlich nehmen, wenn sie jetzt keine Ausnahme machte. Sie ließ die Lehne ihres Sessels nach hinten kippen und schloss die Augen. Die Stewardess kam vorbei. Julie richtete sich nicht wieder auf.
Mona sah die nächsten zwei Stunden aus dem Fenster oder war damit beschäftigt, ihren Arm auf der gemeinsamen Lehne so zu platzieren, dass er Julies nicht berührte.
In Paris war Julie wie ausgewechselt, laut und ausgelassen, redete Mona auf Französisch an, und ihre Stimme

bekam dabei einen ganz anderen Klang, wurde heller, beinahe zärtlich.

Sie nahmen ein Taxi und fuhren in die Wohnung von Robert, die in einer belebten Gegend im 11. Arrondissement lag, in einem Haus aus der Jahrhundertwende mit auffälliger Fassade. Sie stellten im Vorzimmer die Taschen ab, dann zeigte Julie Mona die Wohnung. Robert trafen sie nicht an.

Das Appartement war riesig, wirkte aber sehr abgewohnt, in manchen Zimmern blätterte der Anstrich von den Wänden. Mona fielen ein Ball Chair, ein Flügel von Steinway & Sons, eine teure Stereoanlage und ein turmhoher Bücherstapel auf.

Julie bewohnte ein mittelgroßes Zimmer, ebenso wie Robert, nur dass seines zur Straße und ihres in den Hof hinaus ging. Dann gab es neben einer kleinen, improvisiert eingerichteten Küche und einem Bad noch ein Wohnzimmer, breit und lang wie ein Salon, das ihres und Roberts Zimmer verband, ein Gästekabinett und dahinter, am Ende des Flurs, zwei kleinere Zimmer, die beide gänzlich unmöbliert waren. Die Idee, sie so leer zu lassen, erklärte Julie, hing mit einem Film von Visconti zusammen, in den Robert sie mitgenommen hatte, nur ein paar Tage, nachdem sie damals zu ihm nach Paris gekommen war, ja dass sie diese Wohnung später überhaupt nur gemietet hatten, weil sie so viele Zimmer zählte, dass, wenn all ihre Wohnbedürfnisse abgedeckt waren, ihnen immer noch diese beiden Räume blieben, und dass sie, wann immer sie sich niedergeschlagen fühlte oder vor einer schwierigen Entschei-

dung stand, in eines der beiden Zimmer ging und sich darin so lange aufhielt, bis ihr Kopf genauso leer war wie sie.
Das Telefon klingelte einige Male. Julie reagierte nicht. Sagte, nichts sei so wichtig, dass sie diesen ersten gemeinsamen Abend dafür unterbrach. Ob sie auch Hunger habe, fragte sie Mona schließlich, wartete ihre Antwort aber gar nicht ab, sondern zog sie zur Tür und ging mit ihr in ein Restaurant um die Ecke. Dort bestellte sie eine Fülle von Speisen, von denen sie nicht einmal kostete, und ließ sich zuletzt noch eine ungeöffnete Flasche Champagner bringen, die sie mit nach draußen nahm.
Es war dunkel geworden.
An der Place de la Bastille legte Julie ihren Arm um Monas Schultern. Ein paar Straßen weiter um ihre Hüfte. An der Place des Vosges zog sie Julie auf eine Bank, köpfte den Champagner, den sie zur Hälfte tranken und zur Hälfte als Opfergabe an die Erinnerung an Ort und Stelle verschütteten. Eine getrunkene Flasche Champagner, so meinte Julie, würde Mona früher oder später vergessen, eine halb verschüttete machte es wahrscheinlicher, dass sie diesen Augenblick mit ihr in Erinnerung behielte.
Von der Place des Vosges führte Julie Mona später noch hinunter an die Seine, über den Pont Marie, den Quai de Bourbon entlang, warf mit ihr vor der Nummer 19 ein paar Steine ins Wasser und zeigte ihr, weil Mona sie danach fragte, auch noch den Louvre. Schlenderte mit ihr durch die Höfe. Strich um die große Pyramide herum. Bevor sie Mona an der Hand nahm und auf die Rasenfläche zulief, die den Beginn des Tuileriengartens

markierte. Sich mit ihr auf den noch sonnentrockenen Boden fallen ließ. Einen Joint teilte. Dann schauten sie lange in den Himmel. Es war schön. So nebeneinander zu liegen. In dieser Abendstimmung, umgeben von den Geräuschen einer sich vom Alltag lösenden Stadt. Der Blick zu den Sternen. Viel schöner, als sie es sich erhofft hatte, sagte Julie, die sonst nur selten hierherkam, und dass sie die ganze Nacht so neben ihr verbringen könnte.
Schließlich schlug sie vor, doch noch in einen Club zu gehen, und sie fuhren in die Wohnung zurück. Julie zog ein schwarzes rückenfreies Kleid an, das den Blick auf ein paar Tattoos frei gab, eine Schriftzeile in Hebräisch auf ihrem rechten Oberarm, im Dekolleté oberhalb der linken Brust ein Seestern und, auf dem Rücken, halb vom Stoff des Kleides verdeckt, die Konturen einer Akrobatin.

Stunden später öffnete Julie in der Küche eine letzte Flasche Wein, während Mona sich im Wohnzimmer, high und aufgekratzt, in den Ball Chair fallen ließ und, mit den Füßen Schwung holend, sich solange um die eigene Achse drehte, bis Julie mit zwei Gläsern vor ihr stand. Um mit ihr anzustoßen, beugte Julie sich zu ihr hinunter, und ihre Gesichter kamen einander so nah, dass Mona in Erwartung eines Kusses kurz die Augen schloss.
Sie hatten das Glas noch nicht ausgetrunken, da fragte Julie, wo Mona schlafen wollte, ob im Gästekabinett oder in ihrem Zimmer. Mona stand auf und stellte sich neben sie.

Julie knipste die Nachttischlampe an und begann, sich ohne Eile vor ihr auszuziehen, schleuderte die Schuhe in eine Ecke, schob sich das Kleid über den Kopf und schlüpfte aus dem Slip. Sie stand nackt vor Mona.

Mona hatte noch nie mit einer Frau geschlafen, und bevor sie Julie getroffen hatte, auch nicht daran gedacht. Nach Paris war sie mitgekommen, ohne sich einzugestehen, dass sie Julie begehrte, von ihr berührt werden wollte wie zuvor beim Tanzen, und gesehen werden von diesem Blick, in dem sie sich klarer als in anderen spiegelte.

Julies Körper war schön, ihre trainierten Arme, die kleinen Brüste, ihre langen Beine, der flache Bauch. Oberhalb des Nabels hatte sie ein weiteres Tattoo. Mona war es sofort aufgefallen, weil es sich an der gleichen Stelle befand wie ihr eigenes, seine Kreismotive ihren beinahe vollkommen glichen. Die Tätowierung schien noch frisch, denn Julies Haut war leicht gerötet. Mona hätte sie darauf ansprechen wollen, die Stelle berühren, aber sie tat es nicht, sondern zog bloß ihre Jeans aus und legte sich aufs Bett. Julie legte sich neben sie, aber sie küsste sie nicht. Sah sie bald schon nicht mehr an. Machte das Licht aus.

Nach einer Weile stand sie auf, zog sich ein T-Shirt über und ging ins Wohnzimmer. Mona konnte sehen, wie sie sich dort wütend auf ein Sofa fallen ließ und einen Joint anzündete.

Sie war noch wach, als Julie viel später zurück ins Bett kam, und sie hoffte noch, Julie würde ihre Hand ausstrecken und nach ihr suchen, als Julie längst eingeschlafen war.

Als Mona am nächsten Tag erwachte, war sie allein. Sie dachte erst, Julie wäre Zigaretten holen gegangen oder etwas fürs Frühstück einkaufen. Suchte in der Küche nach einer Kanne, fand sie in einem Kästchen oberhalb der Spüle, neben einer offenen Packung Kekse. Julie hatte ihr keine Nachricht hinterlassen. Irgendwann klingelte das Telefon. Mona sprang auf, hoffte, es wäre Julie. Doch es meldete sich eine unbekannte Stimme, und weil ihr Französisch nicht ausreichte, warf sie den Hörer hin.

Es war nach Mittag, als Mona beschloss, nicht länger zu warten.

Sie war noch nie in Paris gewesen. Wenn Julie sie nicht sehen wollte, dann wollte sie sich wenigstens die Stadt ansehen. Sie nahm den Schlüssel, der offen in einer Schale neben der Tür lag, und verließ die Wohnung. An einem Kiosk kaufte sie einen Stadtplan, suchte nach dem Centre Pompidou. Nein, sie wollte nicht in den Louvre, dafür vielleicht später noch ins Musée d'Orsay oder auf den Eiffelturm.

Die Luft war warm, es wehte ein leichter Wind. Mona setzte ihre Sonnenbrille auf, deren blaubraun getönte Gläser Paris geheimnisvoll wie eine Landschaft von Lorrain in Szene setzten. Je länger sie ging, umso weniger dachte sie an Julie, genoss es, in dieser fremden Stadt für sich zu sein.

Im Centre Pompidou verbrachte Mona viel Zeit in der ständigen Sammlung, insbesondere den Räumen, die Dada gewidmet waren. Sie prägte sich die Zeilen von Huelsenbecks „Ende der Welt“ ein, konnte sich letzt-

lich aber nur den Schlusssatz, „Wer sollte da nicht blödsinnig werden“ merken.
Später schaffte sie es noch bis zum Eiffelturm. Angesichts der langen Schlangen, die vor jedem der Aufzüge anstanden, verlor sie jedoch schnell die Lust. Sie aß unterwegs noch ein belegtes Baguette und kehrte in die Wohnung zurück.

Als Mona das Vorzimmer betrat, stolperte sie über ein Fahrrad, das am Vormittag noch nicht da gewesen war. Es gehörte Julies Halbbruder, Robert. Sie fand ihn in der Küche über einem Stapel Papiere. Er hatte ihr Frühstücksgeschirr weggeräumt und trank Tee, bot ihr eine Tasse an. Mona setzte sich ihm gegenüber an den Tisch. Wie ähnlich er Julie sah. Die Nase. Die Stirn. Er hatte Julies grüne Augen. Nur die leichte Farbunregelmäßigkeit der Iris war bei ihm schwächer ausgeprägt als bei ihr, und seine Haare waren ein wenig heller und stärker gewellt.
Robert war Dozent für Philosophie und gerade dabei, Unterlagen für eine Reise in die USA durchzusehen. Er sei an einer renommierten Universität zu einer „guest lecture“ eingeladen, erklärte er Mona. Dann wurde es in der Küche still. Zu still für zwei, die sich nicht kannten. Auch darin glich Robert Julie. Dass er sie einfach so vergaß. Mona stand auf. Sagte, sie wolle nicht weiter stören. Doch Robert bat sie zu bleiben, meinte, er sei ohnehin fast durch, und abgesehen davon könne er das alles genauso gut morgen früh erledigen. Sein Flug ginge erst gegen Mittag. Er schob den Papierstapel zur Seite. Mona erzählte, sie sei eine Studienkollegin seiner

Schwester, und war erleichtert, als Robert nichts weiter wissen wollte, sie nur sehr aufmerksam ansah. Nach einer Weile meinte er, dass er später zwar verabredet sei, aber wenn sie noch nichts vorhabe und ihm fünf Minuten Zeit gäbe, sage er diesen Termin ab und sie könnten gemeinsam etwas unternehmen, essen gehen zum Beispiel. Mona hatte keine Pläne. Allerdings. Lieber als in einem Restaurant zu sitzen, wäre ihr Kino, weil sie gerade nicht in Stimmung war für Smalltalk und noch viel weniger für tiefsinnige Gespräche. Sie sagte das mit einer Bestimmtheit, die sie selbst überraschte.
Es liefen an diesem Abend nicht viele englischsprachige Filme in Paris, und so einigten sie sich auf „Matrix". Mona teilte sich mit Robert später noch eine Flasche Wein, rauchte mit ihm zuhause einen halben Joint, ehe er sie an sich zog und küsste, sie ihm in sein Zimmer folgte und mit ihm fickte.
Robert war ein geübter Liebhaber, und sie kam, während er ihr die Finger in den Arsch schob. Trotzdem erreichte diese Nacht in ihrem persönlichen Ranking nicht den Platz, den sie verdiente. Das lag vor allem daran, dass Mona mit Robert nur ins Bett gegangen war, um sich für Julies Zurückweisung vom Vorabend zu entschädigen und sie sich zugleich einen besonderen Reiz davon versprach, ihr in seinem Körper zu begegnen. Umgekehrt wurde sie das Gefühl nicht los, Robert habe vor allem deshalb mit ihr geschlafen, weil ihn der Gedanke, dass sie die Geliebte seiner Schwester war oder werden würde, besonders erregte, und das fand sie dann doch irritierend.

Nachts gegen zwei wurde Mona von einem Geräusch geweckt. Sie schlich in Julies Zimmer. Es war leer. Da machte sie kurz das Licht an und entdeckte, dass die grüne Vase, die ihr am Vortag nur deshalb aufgefallen war, weil sie eine seltsam schiefe Form hatte, in einer Ecke zerschmettert auf dem Boden lag. Mona konnte sich nicht erklären, wie die Scherben in diese Ecke kamen, da die Vase in einem Regal am anderen Ende des Zimmers gestanden hatte.

Julie war auch am nächsten Morgen nicht wieder aufgetaucht. Robert war bereits abgereist, als sie erwachte. Mona hatte nicht daran gedacht, ihm ihre Nummer zu geben, und er hatte sie nicht danach gefragt.

Was tun mit diesem zweiten Tag ohne Julie, in dieser Wohnung, in dieser Stadt. Eine Schulfreundin war vor Jahren hierhergezogen, aber Mona hatte weder ihre Adresse noch ihre Telefonnummer. Im Gegensatz zum Vortag reizte sie die Vorstellung, Paris allein zu erkunden, nun gar nicht mehr. Sie musste also sehen, wie sie am schnellsten zurück nach Wien kam.

Sie begann ihre Sachen zu packen, da hörte sie, wie die Wohnungstür aufflog, und erkannte Julies Stimme. Julie war in Begleitung von zwei Freundinnen, die auf Mona zustürzten und sie mit Küssen auf den Mund begrüßten. Dabei flüsterte ihr die eine, die, wie Mona später erfuhr, O hieß, die Worte „bitch“ und „hate you, love you“ ins Ohr.

Julie küsste sie nicht. Sie hatte es eilig. War nur vorbeigekommen, um Mona abzuholen. Man würde den

Nachmittag bei Freunden in einem Garten außerhalb von Paris verbringen, abends wieder zurück sein und schließlich gemeinsam auf die Housewarming-Party eines schwulen Schauspielerpaares gehen. Mona solle sich fertigmachen, sie wollten gleich los.
Mona hatte gehofft, sie könnte sich mit Julie aussprechen, und sich vorgenommen, abzureisen, falls es nicht dazu kam, aber plötzlich fehlte ihr für beides der Mut. Sie holte ihre Jacke und verließ mit den anderen die Wohnung.

Vor dem Haus wartete ein gelbes Cabrio, das einer der beiden Freundinnen gehörte. Es hatte eine große Delle vorne links neben der Stoßstange, die mit einem Stift eingekreist war und wie ein Markenzeichen wirkte. Mona teilte sich mit O die Rückbank, Julie nahm den Beifahrersitz. Dann fuhren sie los.
Mona schaute aus dem Fenster. Die anderen unterhielten sich. Es schien sie nicht zu kümmern, dass Mona nichts verstand. Oder nur sehr wenig. Und dann legte Julie auch noch eine CD ein, die alle außer Mona kannten. O und die Freundin, die hinterm Lenkrad saß, sangen bei jedem Song laut mit. Mona fühlte sich leer und müde. Sie schloss die Augen und gab vor, einzuschlafen.
Sie hatten Paris gerade hinter sich gelassen, da tippte O Mona vorsichtig auf die Schulter. „Look at the sky“, flüsterte sie. Mona öffnete langsam die Augen und sah einen Heißluftballon, den der Wind so gedreht hatte, dass sein Werbeaufdruck die Buchstabenfolge ihres Namens zeigte, „MONA“ in großen Lettern am Himmel

stand. Julie war wie elektrisiert, das Tief überwunden. Das Gespräch wechselte jetzt nach und nach ins Englische, und als bald darauf im Radio der Song „Underwater Love" lief, schlug O vor, doch nicht zur Gartenparty ihrer Freunde, sondern weiter in die Nähe von Deauville ans Meer zu fahren.

Zwei Autostunden später steuerte O einen wilden Strand an. Er war beinahe menschenleer.
Julie setzte sich zwischen Mona und O in den Sand, und sie leerten eine der Weinflaschen, die sie zur Gartenparty hatten mitbringen wollen. Nach dem letzten Schluck sprang Julie auf und lief hinunter zum Meer. Zog die Schuhe aus. Das Wasser war eisig und fürs Baden, trotz der ungewöhnlich hohen Temperaturen – selbst in der Normandie stieg das Thermometer an diesem Apriltag über 20 Grad – im Grunde viel zu kalt. Aber Julie liebte das Meer, liebte es, zu baden, und erinnerte die Freundin, der das Cabrio gehörte, an die beiden Decken im Kofferraum. Schließlich zogen sich alle aus. Mona schaffte es gerade knietief ins Wasser, bevor ihre Haut vor Kälte zu kribbeln begann. Nach einer Weile bis zum Nabel, schließlich bis zur Brust. Die Cabrio-Freundin hielt es ein paar Schwimmzüge lang im Meer aus. Julie und O blieben am längsten. Mona sah, wie sie sich am Rücken einer Welle umschlangen und küssten. Dann liefen sie aus dem Wasser und verschwanden hinter einer Düne.
Mona und die Freundin mit dem Cabrio hatten sich in die Decken gewickelt und zum Trocknen in den Sand gelegt. Der weiche Stoff umspannte sie wie ein Kokon,

die starke Nachmittagssonne wärmte ihnen das Gesicht. Sie teilten sich einen Joint, und Mona fühlte sich plötzlich so leicht und frei, dass sie einschlief.
Sie tranken eine zweite Flasche Wein, ehe sie die Rückfahrt antraten. Diesmal saß Mona vorne. Julie stieg mit O hinten ein. Sie zog ihre Beine an, legte sich quer über die Rückbank und bettete ihren Kopf in Os Schoß, die ihr ein paar Mal zärtlich über die Haare strich.

So fuhren sie, immer noch Salz auf der Haut, direkt zur Housewarming-Party ins Quartier Latin und kamen dort in eine übervolle Wohnung, was zum einen an der Zahl der Gäste lag und zum anderen an den vielen Umzugskartons, die überall ungeöffnet herumstanden. Mona verlor Julie und ihre Freundinnen bald aus den Augen.
Es war O, die spätnachts nach ihr suchte. Julie wartete schon im Taxi, mit einer Frau. Sie schien im Gegensatz zu O, die Anfang dreißig war, nicht viel älter als sie selbst, hieß Wei-Ping und hatte lange schwarze Haare. Julies Hand lag auf ihrem Knie.
Wei-Ping und O kamen später mit hinauf in die Wohnung, wo Julie, kaum war die Tür ins Schloss gefallen, Mona einfach stehen ließ. Meinte, es gäbe noch Wein im Kühlschrank, falls Mona Durst habe. Sonst kenne sie ja hier schon alles und man sähe sich am nächsten Morgen. O warf Mona eine Kusshand zu und verschwand mit den anderen in Julies Zimmer.

Mona konnte nicht schlafen. Eine Weile lang lag sie nur da und starrte zur Decke. Ihre Gedanken wanderten vom Meer zu Julie, zu Robert. Schließlich stand sie auf und ging in die Küche. Sie nahm einen Schluck Wein, durchsuchte ein paar Läden nach Zigaretten. Im Wohnzimmer hoffte sie, den Rest des Joints zu finden, den sie mit Robert am Vorabend nicht zu Ende geraucht hatte. Das Wohnzimmer lag dunkel da. Doch aus Julies Zimmer kam Licht.

Mona sah Julie nackt auf dem Bett liegen, Os Gesicht zwischen ihren gespreizten Beinen, Wei-Pings Möse direkt über ihrem Mund, sah, wie Wei Ping kam.

An sie dachte Mona, während sie das letzte Mal mit ihrem Mann schlief. Und danach an Julies feuchte, zu einem Schnabel geformte Hand.

In ihrem Bett begann Mona zu masturbieren und nahm Julies Küsse und die ihrer Freundinnen mit in einen Traum, an den sie sich am nächsten Morgen nicht mehr erinnerte. Julie saß gut gelaunt an ihrem Bett. Ihre Freundinnen waren wohl noch in der Nacht gegangen. Mona hoffte, jetzt würde zwischen ihnen alles, wie es sollte, aber Julie wollte abreisen, hatte sie bloß geweckt, um ihr zu sagen, dass ihr Rückflug bereits in ein paar Stunden ginge und sie zuvor noch schnell in die Wohnung ihres Vaters müsse, weil es dort ein Bild gab, das sie nach Wien mitnehmen wollte. Wenn Mona nichts dagegen hätte, sie zu begleiten, könnten sie vom Marais gleich weiter zum Flughafen. Während sie sich anzog, versuchte Mona herauszufinden, ob sie froh war, so rasch wieder nachhause zu kommen oder nicht. Sie packte ihre Tasche und entschied, sie war es nicht.

Im Marais betraten sie eine bürgerlich-elegante Wohnung. Julie nahm im Arbeitszimmer ihres Vaters ein kleinformatiges Bild von der Wand. Es war ein Siebdruck, der ein mit gelber, roter und weißer Farbe bemaltes Männergesicht zeigte. Julie löste das Bild vorsichtig aus dem Rahmen, umwickelte es mit Noppenfolie und packte es in einen Koffer.

Am Flughafen trafen sie Wei-Ping wieder. Offensichtlich hatte Julie sie eingeladen, mit nach Wien zu kommen. Wei-Ping erzählte, dass sie Politikwissenschaft studierte und Julie schon länger kannte.
Julie schloss die Augen, noch ehe die Maschine gestartet war.
Zurück in Wien, verabschiedete sich Julie im Taxi so beiläufig von Mona, wie man es nur tat, wenn man sich sehr bald wieder sah. Doch es kam nicht dazu, und da beschloss Mona, mit einer Frau zu schlafen, um eine Spannung loszuwerden, die sie seither lähmte. Sie suchte nach jemand, der Julie ähnlich sah, und ließ sich schließlich auf einem lesbischen Clubbing von einer Butch abschleppen, die sie an O erinnerte. Der Sex mit ihr war enttäuschend, und die Spannung blieb. Mona schlief danach länger mit niemand mehr.
Eines Abends erhielt sie eine SMS von einer unbekannten Nummer, die mit „Ne me quitte jamais“ begann und dann abbrach. Obwohl es nicht sein konnte, wollte Mona glauben, die Nachricht käme von Julie. Und es konnte nicht sein, denn sie hatten ihre Nummern nicht getauscht.

Der Schlüssel

Mona traf Julie erst Anfang Mai wieder. Von Claire erfuhr sie, dass Julies Abschlussarbeit kurzfristig zu einer Ausstellung bei Saatchi eingeladen worden war. Weil die Vernissage sich mit dem offiziellen Termin der Diplompräsentationen überschnitt, hatte Julie um einen vorgezogenen Prüfungstermin angesucht. Auch Vivienne musste zustimmen.
Vivienne hatte erst erklärt, dass sie keine Ausnahme machen könne, bis Claire sie daran erinnerte, dass ihr Vertrag im nächsten Jahr ausliefe, sie die Unterstützung der Studierenden im Haus bräuchte und es sich nicht gut machte, wenn sie sich Julies Karriere aus verletzter Eitelkeit in den Weg stellte.

Normalerweise fanden die Diplompräsentationen Mitte Juni im Semperdepot statt, einem Gebäude in der Nähe der Akademie. Man hatte eine Woche Zeit, seine Arbeiten aufzubauen, ehe die Prüfungskommission sie benotete und gegebenenfalls eine Auszeichnung vergab.
Julies Diplompräsentation wurde in Monas Atelierraum verlegt. Ihr Antrag war letztlich bewilligt und ein Sondertermin Anfang Mai festgesetzt worden. Die Kommission hatte sich bereits vollzählig im obersten Stock versammelt, als Julie, ein in dicke Luftpolsterfolie verpacktes Bild unterm Arm, die Akademie betrat.
Vivienne hatte sich in letzter Minute entschuldigen und von Claire vertreten lassen.

Mona war an Julies Prüfungstag früher als sonst ins Atelier gekommen, hatte versucht zu arbeiten, es aber bald aufgegeben.

Die Arbeit „Hiding Warhol's Mao behind a layer of black covered with pink and green dots executed by the daughter of a victim and the daughter of a collector as a feminist counterculture-revolutionary act" sorgte später für Furore. Ein Video, das Julie und Wei-Ping bei der Übermalung des etwa 30 x 25 cm großen Portraits von Mao zeigte und die Geschichte von Wei-Pings Vater nachzeichnete, der Mitte der siebziger Jahre aus China emigriert war, begleitete die Präsentation. Zum Schluss legte Julie eine notariell beglaubigte Infrarotaufnahme der Leinwand vor, Teil eines Gutachtens, das bestätigte, dass sich unter der schwarzen, mit pinken und grünen Punkten bedeckten Fläche tatsächlich ein echter Warhol befand.

Julies Vater hatte getobt, als er die leere Stelle an der Wand seines Arbeitszimmers entdeckt hatte, und Julie gedroht, ihr den Geldhahn abzudrehen, wenn sie ihm den Warhol nicht sofort zurückgab. Er wollte sich auch nicht beruhigen, als Julie ihm von der Saatchi-Ausstellung erzählte. Erst ein Kaufangebot über 130.000 Euro von Saatchi selbst hatte ihn umzustimmen vermocht und verhindert, dass er das Bild noch vor Beginn aus der Ausstellung nahm. Verkauft hat er Saatchi die Arbeit seiner Tochter dann allerdings nicht. Und abgesehen davon, dass er selbst in den Achtzigern umgerechnet nicht ganz 4.500 Euro für den Mao bezahlt hatte,

hätte er kein gutes Geschäft gemacht, denn Saatchi sollte Julies Arbeit zwei Jahrzehnte später bei Sotheby's in eine Auktion geben und einen Preis von mehr als drei Millionen erzielen.
Dies war die erste einer viel besprochenen Serie feministischer Übermalungen, zu deren bekanntesten später zwei „Lucretia"-Bilder eines Cranach-Schülers zählten, die Julie von Frauen, die während des Bosnienkrieges vergewaltigt und von ihren Männern verstoßen worden waren, gänzlich mit roter Farbe überdecken ließ.

Julie bestand. Wenn auch ohne Auszeichnung, ja nicht einmal mit einer guten Note, weil nur Claire und K sich dafür aussprachen. Als sie Mona danach auf ein Glas Wein in die Mensa einlud, dachte Mona, damit würde etwas beginnen. Doch Julie erzählte ihr, dass sie Wien verlassen, den Sommer auf Reisen verbringen und im Herbst mit einem Stipendium nach New York gehen würde. Das Glas Wein. Ein Abschied. Mona fühlte, wie sich ihr Magen zusammenzog. Was Mona nach ihrem Diplom vorhatte, wollte Julie wissen. Ob sie in Wien bleibe. Wo sie arbeiten würde, wenn sie ihren Atelierplatz an der Akademie verlor. Mona wusste es nicht. Und da fragte Julie, ob sie vielleicht Lust hätte, ihre Wohnung zu nützen. Sie stünde ab sofort leer. Mona sagte zu, ohne zu überlegen. Julie lud sie ein, einfach vorbeizukommen und sich den Schlüssel zu holen, und so verabredeten sie sich für den späteren Nachmittag. Die Adresse, die Julie ihr nannte, war die einer ehemaligen Schokoladenfabrik in der Nähe des Gürtels. Mona notierte sie auf ihrem Handrücken, bat Julie noch schnell um ihre Nummer, bevor Julie sie umarmte, die verpackte Leinwand nahm und in ein Taxi stieg.

Wegen eines U-Bahn-Ausfalls kam Mona mit einiger Verspätung in der Wohnung an. Wei-Ping öffnete. Julie war nicht da. Mona sagte, sie käme wegen des Schlüssels. Wei-Ping wusste nichts davon. Erst jedenfalls. Dann fiel es ihr wieder ein. Aber nicht, wo der Schlüssel lag. Dann sah sie auf die Uhr, rief, „Shit ... I'll be late!“, gab die Tür endlich frei, und Mona folgte ihr in einen etwa 80m^2 großen Raum mit grau gestrichenen Dielen, einer breiten Fensterfront und weißen, leeren Wänden. Vor einer standen zwei Koffer. Und ehe Mona sich nach Julie erkundigen konnte, war Wei-Ping samt den Koffern im Stiegenhaus verschwunden. Mona wartete. Sie konnte Julie nicht erreichen. Entweder hatte sie sich in der Eile verschrieben oder Julie ihr eine falsche Nummer genannt.

Abgesehen von den Überresten einer Party, den Bier- und Wodkaflaschen, Pappbechern und Chips war Julies loftartige Wohnung ziemlich leer. Es gab einen Arbeitstisch mit Bildschirm und PC. Videorecorder und Kamera lagen auf einem Regal daneben. Ein Bett, ein sandfarbener Fauteuil. Eine Kaffeemaschine. Keine Küche, nur ein kleines Bad. Auf ein Fenster war mit Lippenstift der Satz „Beweis der Kunst durch die Antikunst“ gemalt. In Spiegelschrift. Mona setzte sich in den Fauteuil, entdeckte, dass die roten Punkte, die sie für ein Stoffmuster gehalten hatte, Konfetti waren, und überlegte, was es wohl zu bedeuten hatte, dass Julie zwar bereit war, ihre Wohnung mit ihr zu teilen, sie auf einer Party aber nicht zu vermissen schien. Bis sie schließlich nach einer halbleeren Wodkaflasche griff und trank. Der Wodka war warm. Mona stürzte ins Bad und übergab sich. Als sie sich den Mund ausspülte und das Waschbecken reinigte, machte sie sich klatschnass. Sie zog das T-Shirt aus und nahm ein blaues, ärmelloses aus Julies Kasten. Ihres hängte sie zum Trocknen auf einen Kleiderhaken. Dann begann sie, in Julies Sachen zu stöbern. Neben einer Fototasche entdeckte sie einen Schlüssel. *Ihren* Schlüssel. Er lag auf einem abgerissenen Stück Papier. Julie hatte Monas Namen darauf geschrieben und kleiner darunter „nettoyage demain". Mona las die Worte, verstand sie aber nicht.

Sie zündete sich eine Zigarette an. Da kam ihr der Gedanke, dass diese Wohnung vielleicht gar kein guter Ort für sie war, dass sie hier nie richtig würde arbeiten können, nie mehr tun als eben das, herumhängen und die Zeit totschlagen und auf Julie warten. Ob es Wei-Ping ähnlich ergangen war? Ihre Eile, der abrupte Aufbruch, eine Flucht? Mona versuchte sich an ihren Ausdruck zu erinnern, ihre Haltung. Da läutete es. Mona dämpfte die Zigarette aus und lief zur Tür. Es war Vivienne. Sie hielt eine Flasche Wein in der Hand und starrte das blaue T-Shirt an, das Mona trug. Mona hätte ihr die Situation erklären können, aber sie wollte Vivienne keinen Gefallen tun und nahm ihr bloß die Flasche ab.

Später entkorkte Mona sie. Es war bereits Abend, Julie noch nicht zurück. Sie warf sich mit den Schuhen aufs Bett. In den Pölstern hing Julies Geruch. Mona sog ihn ein und schloss die Augen.

Die Putzfrau, die sie am nächsten Morgen bat, aufzustehen, damit sie saubermachen konnte, roch nach Zitrus. Mona hatte sie nicht kommen hören und konnte sich nur mit Mühe orientieren. Der große Raum nebenan war schon aufgeräumt, der Partymüll entsorgt. Nur der Schriftzug auf dem Fenster hatte sich nicht restlos entfernen lassen. Mona vergaß, dass sie noch Julies blaues T-Shirt trug, suchte nach ihrer Tasche und erinnerte sich dann erst an den Schlüssel, *ihren* Schlüssel, der jetzt gut sichtbar mitten auf dem Tisch lag. Sie hatte ihre Hand schon nach ihm ausgestreckt, als sie plötzlich Skrupel bekam, ihn mitzunehmen, ohne Julie noch einmal getroffen und sich versichert zu haben, dass alles auch wirklich so gemeint war. Und so zog sie ihre Hand wieder zurück.

Erst auf der Straße wurde ihr klar, dass Julie nicht merken würde, dass sie da gewesen war und die Nacht über auf sie gewartet hatte. Die Putzfrau hatte sicher längst all ihre flüchtigen Spuren beseitigt, und so war nur ihr T-Shirt in Julies Studio zurückgeblieben, ein weißes, verwechselbares Teil, das Julie bestimmt nicht weiter auffiel.
Deshalb kehrte Mona später zurück und warf Julie eine Nachricht in den Briefkasten. Doch sie blieb unbeantwortet.

Mona fragte sich seither oft, wie ihr Leben verlaufen wäre, wenn sie den Schlüssel mitgenommen hätte und bei Julie eingezogen wäre. Und manchmal hasste sie sich dann für die Höflichkeit, die sie hatte zögern lassen, für ihre Unsicherheit und Entscheidungsschwäche – alles Eigenschaften, die sie ihrer kleinbürgerlichen Erziehung zuschrieb, die zu überwinden sie immer noch viel Kraft kostete.

Die Eröffnung

Monas iPhone vibrierte. Es war Claire. Endlich. Sie schrieb, dass Vivienne, deren Assistentin sie immer noch war, sie gerade nicht gehen ließ.
Mona lehnte sich zurück und schaute aus dem Fenster des Café Semper, suchte in den Gruppen, die auf der Straße vor Anns Galerie zusammenstanden, nach bekannten Gesichtern. Aber die Entfernung war zu groß.

Die Therapeutin, zu der Mona seit ihrem Absturz ging, hatte, nachdem Mona zum wiederholten Mal in Wut geraten war, weil dieses genaue Hinsehen, das Nachspüren, ihr nichts brachte, einen assoziativeren Weg vorgeschlagen. Also etwa Beziehungen über sie bestimmende Orte zu beschreiben, Verletzungen im Telegrammstil zu erzählen, die Tagesverfassung in einem Foto festzuhalten, sich dem Verhältnis zur Mutter, zum Vater über einen Schlagwortekatalog anzunähern. Die Idee gefiel Mona auf Anhieb. Auch außerhalb des für Monas Geschmack ein wenig zu bieder eingerichteten Therapiezimmers entwickelte sich das Vorschieben von Lochmustern in der Bewertung von Erlebnissen schnell zu ihrem liebsten Gedankenspiel. In den ersten Wochen

betrieb sie es beinahe manisch, später nur mehr, wenn sie nervös, traurig oder gelangweilt war.
An diesem Abend war sie alles zugleich, und so begann sie mit:
* Was seit der letzten Begegnung mit Julie geschah in 8 Hauptwörtern: Kind – Heirat – Kind – Kunst – Trennung – Scheidung – Krise – Kunst, oder
* 15 Jahre, zusammengefasst in einer Formel, gegeben sind die Namen M, P, R, F sowie alle konjunktiven und disjunktiven Zeichen: Mona + Paul + Raffael + Felicitas – Mona – Paul – Raffael – Felicitas + Mona,
gefolgt von
* die Beziehung zu Paul am Beispiel dreier Orte:

Erster Ort. Die blaue Bar.
So hieß ein Souterrainlokal in der Nähe der Akademie, das täglich bis weit nach Mitternacht geöffnet hatte und legendär große Portionen Schinkenfleckerl servierte. Deshalb störte es auch niemand, dass es in der blauen Bar trotz Lüftungsanlage ein wenig modrig roch. Mona hatte sich mit Paul Mitte Dezember 2001 in der blauen Bar verabredet, weil sie ein neutraler Ort war, den sie beide gut kannten, und deshalb passend für ein Gespräch, das, so war Mona überzeugt, den Anfang vom Ende ihrer Beziehung markieren würde.
Mona hatte Paul drei Monate zuvor auf der Geburtstagsfeier einer Freundin von Claire kennengelernt. Paul war damals achtundzwanzig und gerade mit seinem Architekturstudium an der Akademie fertiggeworden. Er hatte braune Augen und dunkelbraunes, dichtes Haar, das ihm vorne tief in die Stirn hing, war schlank und ein

begeisterter Taucher. Wenn Mona hohe Schuhe trug, was sie recht häufig tat, war sie so groß wie er. Mona gefiel Pauls Lachen und die selbstvergessene Art, in der er tanzte. Viel geredet hat sie mit ihm auf der Geburtstagsfeier nicht. Dennoch hat Paul sich bei Claire später nach ihrer Nummer erkundigt. Mona war ihm nicht mehr aus dem Kopf gegangen. Sie war ihm schon viel früher auf einem Akademiefest aufgefallen, nur war er damals in einer Beziehung gewesen.

Mona traf kurz vor Paul in der blauen Bar ein. Als sie ihm erklärte, dass sie trotz Pille schwanger geworden war und den Termin für den Abbruch schon fixiert hatte, bot er ihr an, sie zu diesem Eingriff zu begleiten. Mona lehnte ab. Die Kellnerin kam. Sie bestellten noch ein Bier. Mehr aus Verlegenheit. Denn eigentlich hatten sie sich nicht mehr viel zu sagen. Schließlich zahlten sie, zogen die Mäntel an und richteten sich die Schals. Und da, einen Schritt von ihrem Tisch entfernt, fiel ihr Blick fast gleichzeitig in den übergroßen Spiegel gegenüber. Es war das erste Mal, dass sie sich von außen als Paar wahrnahmen, und das ergab für sie beide ein so stimmiges Bild, dass sie kehrt machten und sich wieder setzten. Ihr Sohn Raffael wurde Mitte 2002 geboren.

Zweiter Ort. Ein Strand in Valencia. Ein Foto.

Es stammte aus dem Jahr 2006 und zeigte Mona, Paul, ihren Sohn und ihre Tochter beim Bau einer überdimensionalen Sandburg, also genau genommen war es eine Art lunarer Basisstation. Mona und Paul hatten eben ein paar Sonnenkollektoren in Form von Muschelschalen an ihrem letzten Wohnmodul angebracht. Die zwei-

jährige Felicitas saß mit blauem Sommerhut auf einer glatten Fläche, die den Landeplatz darstellte. Sie war Anfang 2004 geboren worden, ein Jahr nachdem Mona und Paul geheiratet hatten. Auf dem Foto blinzelte sie und verzog ein wenig den Mund, weil ihr beim Start des großen Spaceshuttles, das Raffael zu seinem vierten Geburtstag bekommen hatte und das er begeistert in die Höhe hielt, etwas Sand in die Augen geweht war. Das Foto hatte Pauls Mutter gemacht, die seit der Trennung von ihrem Mann, Pauls Vater, wieder in ihrer Geburtsstadt Valencia lebte.
Mona und Paul waren mit den beiden Kindern 2005 für zwei Jahre nach Valencia gegangen, weil das Architekturbüro, für das Paul arbeitete, da einen wichtigen Wettbewerb gewonnen hatte. Und Mona hatte nichts dagegen, eine Zeit lang anderswo zu leben.

Dritter Ort. Die Familienwohnung in Wien, die Paul und Mona 2004 gemietet, adaptiert und kurz vor der Geburt ihrer Tochter bezogen hatten.
Jetzt wurde darin wieder zu viert gewohnt. Seit Mitte 2014 lebten Monas Kinder dort gemeinsam mit Paul und seiner neuen Partnerin. Raffael und Felicitas hatten sich im Zuge der Scheidung ihrer Eltern für die vertraute Umgebung, ihre großen, liebevoll eingerichteten Zimmer und Paul entschieden. Zuvor hatten sie mit Mona drei Jahre lang in einer kleinen, schlecht heizbaren Erdgeschoß-Wohnung gelebt, die Mona als Atelier genutzt hatte, ehe sie mit ihnen überstürzt eingezogen war, weil sie das Zusammenleben mit Paul nicht mehr ertrug, er aber noch nichts von Scheidung wissen wollte. In dieser

kleinen Wohnung waren die Kinder nie glücklich gewesen. Das hatte nicht nur an der Kälte gelegen. Und auch nicht nur am fehlenden Geld, zumal Paul ihr anfangs keinen Unterhalt zahlte und Mona von ihren Eltern nur ungern Hilfe annahm, mit ihren kleinen Jobs und ersten Ausstellungsprojekten selbst aber nur sehr wenig verdiente. Nein, ihnen hatte die ausgeglichene und ganz auf sie fokussierte Mutter gefehlt, die Mona gewesen war, bevor sie sich wieder verstärkt ihrer künstlerischen Arbeit zugewandt hatte.

Nach ihrer Rückkehr aus Spanien hatte Paul sich mit zwei ehemaligen Studienkollegen selbstständig gemacht und war von da an immer seltener zuhause gewesen. Und auch Mona hatte, sobald Raffael in die Schule und Felicitas in den Kindergarten ging und ihr an den Nachmittagen und Abenden ein Au-pair-Mädchen half, mehr und mehr Zeit außer Haus verbracht, in ihrem frisch angemieteten Studio, mit wiedergefundenen Freundinnen aus der Akademie, auf Vernissagen und Vorträgen. So hatten Paul und sie, so plötzlich sie sich damals in der blauen Bar, im Spiegel neben der Tür, als Paar gefunden hatten, in dieser Wohnung, in der es in fast jedem Zimmer einen Spiegel gab, fast ebenso plötzlich wieder verloren. Wären da nicht die Kinder gewesen, es hätte Mona im Grunde nicht viel ausgemacht. Denn das Besondere, das sie lange mit dieser Wohnung verband, dieses Gefühl von Vollständigkeit und Dauer, das sie zum ersten Mal empfand, als sie nach der Geburt von Felicitas zu viert am Küchentisch saßen, bedeutete ihr zuletzt nichts mehr.

Mona schaute auf die Uhr. Die Atmosphäre im Semper bedrückte sie. Die leeren Billardtische, das schummrige Licht, die beiden Kellnerinnen, die gerade ein Kartenspiel beendet hatten, das Paar schräg gegenüber, das schon seit einer halben Stunde kein Wort mehr gewechselt hatte, sie alle verwandelten diesen Ort von einem Großstadtcafé in ein Bahnhofslokal irgendwo in der Pampa, in dem man sich über den letzten abgefahrenen Zug mit großen Mengen Alkohol hinwegtröstete. Mona griff nach dem Glas Wasser, das mit dem Espresso gebracht worden war. Es war leer. Sie trommelte mit den Fingern unruhig aufs Tablett. Die größer werdende Menge vor Anns Galerie machte sie seltsam nervös. Sie begann sich zu fragen, was genau sie eigentlich davon abhielt, auf Julies Eröffnung zu gehen, und ob ihr die Vorstellung, Julie nach all der Zeit wiederzusehen, bis zu diesem Augenblick wirklich so fremd geblieben war. Hatte sie letzthin doch mehr als sonst über Julie gelesen, sich sogar Videos mit ihr angesehen, Interviews, Ausstellungsberichte, Besuche in ihrem New Yorker Atelier, und das stets mit einer gewissen Erregung, gelegentlich auch mit Neid. Und manchmal war da außerdem ein Gefühl, für das Mona erst keine Erklärung fand, bis sie unter Anleitung ihrer Therapeutin die Entdeckung machte, dass sie Julie weit mehr als mit Karriere und Erfolg mit dem Ende ihrer Jugend verband und sie in ihrem Erwachsenenleben noch nicht an den Punkt gekommen war, an dem sie es aushielt, länger in diese Zeit zurückzublicken, ohne tödlich sentimental zu werden.

Mona entschied, Claire abzusagen. Sie hatte ihr iPhone schon am Ohr und der Kellnerin, die energisch den Kopf schüttelte, ein stummes „Nur ganz kurz“ zugeflüstert, als jemand von draußen ans Fenster klopfte. Mona erschrak. Aber es war nur D, die da vor dem Café stand. Claire hatte noch nicht abgehoben, und Mona legte auf.

„Habe ich also doch richtig gesehen, ich wusste ja, dass du das bist“, sagte D, bevor sie Mona zur Begrüßung küsste und Mona Zigaretten und Alkohol in ihrem Atem roch. „Beavis und Butt-Head haben dagegen gewettet.“ D deutete auf die Galerie und setzte sich neben Mona auf die Bank, nur so halb, denn sie wollte nicht bleiben. „Die beiden sind wie immer nur schwer zu ertragen. Was machst du überhaupt hier?“

„Ich warte auf Claire.“

„Ach die! Was du nur an der findest…“

„Sie wollte längst da sein ... kommt aber gerade nicht los“, antwortete Mona, obwohl sie keinen Grund hatte, Claires Verspätung zu rechtfertigen.

„Arbeitet sie immer noch für Vivienne?“

Mona nickte.

„Man muss schon ein ziemlich schwacher Charakter sein, wenn man es so lange mit dieser Frau aushalten kann.“

„Wirklich ... Hast du nicht unlängst einen Text über sie geschrieben?“

„Eben deshalb! Es schreibt sich leichter über jemand, den man nicht mag.“ D lachte. „Bei Ann ist übrigens heute die Hölle los… Museumsleute, Presse, die ganze Crowd. Warum kommst du nicht mit?“ Sie beugte sich

zu ihr. „Ich bin nur zum Pissen hier und gleich wieder weg. Was ist, hast du Lust ... ich habe was dabei ..."
Mona schüttelte den Kopf.
„Hast du Claire versprochen, brav zu sein?", fragte D und verschwand in dem schmalen Gang, der zu den Toiletten führte. Auf dem Rückweg blieb sie mit sich weitenden Pupillen noch einmal kurz vor Monas Tisch stehen. „Was ich dir noch schnell erzählen muss ... dein Typ, damals an der Akademie ... der Lecker... ich glaube, ich habe ihn gerade gesehen."
„Wo?"
„Vor der Galerie, als der Kulturminister aufgetaucht ist."
„Ich verstehe nicht ..."
„Was der Minister auf einer Vernissage macht, keine Ahnung... Stell dir vor, er hat sich in seiner Limousine tatsächlich bis direkt vor den Eingang fahren lassen, hat dann im Wagen darauf gewartet, dass sein Chauffeur ihm die Tür öffnet, ihm und den beiden Männern, die neben ihm saßen. Der eine hatte eine Mappe unterm Arm, wohl sein Pressesprecher, und der andere, der mit dem nervösen Blick, das war sein Bodyguard..."
Mona sah D ungläubig an.
„Doch, ja! Der Typ hatte einen Knopf im Ohr, trug eine getönte Brille und einen dieser uneleganten Anzüge mit viel Bewegungsfreiheit. Nun sag mir bitte, wovor fürchtet sich der Herr Minister für Kunst und Kultur so, dass er auf einer Vernissage mitten in Wien Personenschutz braucht? Doch nicht etwa vor uns... Er hat sich von Ann einmal kurz durch die Ausstellung führen lassen und ist danach sofort wieder abgerauscht... Und ich, ich muss jetzt auch los!"

„Und wo war jetzt…"
„Ach ja, dein Lecker… Er hat die Limousine des Ministers gefahren. Die Beflissenheit, mit der er ihm aus dem Auto geholfen hat… Wenn er mit seiner Zunge bei dir auch so diensteifrig bei der Sache war, hast du dich zu unrecht von ihm getrennt", sagte D so laut, dass auch die Kellnerinnen es hören konnten.
„Ich habe mir noch nie viel aus diensteifrigen Typen gemacht", erwiderte Mona und stand auf. „Warte, ich komme doch mit!" Während sie zahlte, ihren Mantel anzog und sich den Schal überwarf, ließ D sie nicht aus den Augen und überspielte ihre Ungeduld mit einem Redeeifer, der auch anhielt, als sie das Café bereits verlassen hatten und den kleinen Platz zwischen Semper und Galerie überquerten, bis er sich schließlich auf dem Gehsteig vor den hell erleuchteten Räumen von Mona auf eine Frau übertrug, die Bärbel hieß und eine der bekanntesten Kunstkritikerinnen der Stadt war.

Anns „Zimmer, Küche, Bad in Arkadien" war nicht nur eine der besten, sondern auch eine der größten Galerien der Stadt, verfügte sogar im Souterrain noch über einen Ausstellungsraum, der durch eine breite Stiege direkt mit der Hauptgaleriefläche im Erdgeschoß verbunden war. Und sie war eine der schönsten, mit ihren meterhohen Rundbogenfenstern.
Anns Eröffnungen waren stets gut besucht, aber einen Andrang wie an diesem Abend kannte auch sie sonst nicht. Die drei silbernen Standaschenbecher, die sie seit einiger Zeit bei Eröffnungen auf dem Gehsteig platzierte, waren im Gedränge schon bald nicht mehr zu sehen.

Bärbel stand in einer Gruppe mit Beavis und Butt-Head, als Mona und D zu ihr stießen. Mona hatte sich erst letzte Woche auf einer anderen Eröffnung mit ihr länger über gute Steaklokale unterhalten, weil Bärbel neben ihrer kulturjournalistischen Tätigkeit auch den Foodblog „Meat Me“ betrieb. Außerdem hatte Bärbel sie schon einmal in einer Besprechung erwähnt.
Beavis hatte eben vergeblich versucht, Bärbel für die Installation zu interessieren, an der er gerade arbeitete, Butt-Head erzählte ihr von seinem Kurzfilm, der schon fast abgedreht war, aber Bärbel reagierte auch darauf nicht. Sie verzog auch keine Miene, als Butt-Head meinte, er suche noch jemand, der in den nächsten Tagen mithelfe, eine mechanische Windmaschine zu bedienen, die er aufgetrieben hatte, weil es an der Location, an der sie filmten, keinen Strom gab und ihm die Miete für einen Generator zu teuer war.
D wandte sich wieder an Mona. „Da drinnen ist U, die Robbe. Triffst du dich noch mit ihm?“
Mona hatte mit U letzten Sommer eine komplizierte Affäre gehabt, an die sie jetzt nicht erinnert werden wollte. Sie dachte noch, wie unangenehm es war, dass die Szene in Wien so klein blieb, dass man sich ständig über den Weg lief und jemand wie U vielleicht jahrzehntelang nicht entkam, da fragte Bärbel: „Warum Robbe?“
„Weil er sich wie eine bewegt“, erläuterte D, „er hat fast seine gesamte Karriere auf diesem Fortbewegungsprinzip aufgebaut. Es gibt keinen wichtigen Event, auf dem man ihn nicht trifft, und hat er erst einmal die Person entdeckt, um die alle kreisen, beginnt er zu robben. Er zieht und streckt sich gezielt von Gespräch zu

Gespräch, bis er schließlich im Zentrum angelangt ist, und dann lässt er nicht mehr los. Siehst du, er ist noch drei Gesprächspartner von der Leyroux entfernt… jetzt wechselt er in die nächste Runde und es sind nur noch zwei… gleich stößt er sich wieder ab. Das ist doch die Leyroux, die da links von Ann mit dem Rücken zu uns steht?!"
Bärbel nickte und Mona folgte, den Atem anhaltend, Ds Blick. Als sie Julies große, schlanke Gestalt entdeckte, die, obwohl halb verdeckt, aus der Menge hervorstach, klopfte ihr Herz.
„Ich habe gestern im Vorfeld der Eröffnung noch ein Interview mit ihr gemacht", meinte Bärbel, „obwohl die Leyroux ja kaum noch Interviews gibt."
„Und, wie findest du sie?", wollte D wissen.
„Anstrengend, aber nicht uninteressant…"
„Wieso anstrengend?"
„Sie hat mich zwei Mal versetzt, erst in einem Hotel, dann in einem Café. Beim dritten Termin bestellt mich ihre Assistentin in eine Airbnb-Wohnung, ich denke, gut, da haben wir wenigstens Ruhe, aber als ich kurz vor zehn Uhr morgens eintreffe, platze ich in eine Party oder besser in den Hangover einer Party…"
„Da fällt mir ein, ein Freund von mir war vorgestern auf diesem Fest", fiel Butt-Head Bärbel ins Wort, „diese superreiche, junge Sammlerin… ihr wisst schon, die hat dafür eigens ein Palais gemietet, ihre Künstlerpartys sind legendär."
Bärbel wurde ungeduldig. „Ja, schon möglich, dass die Leyroux am Abend zuvor auf dieser Feier war, ein paar Leute, über die ich bei ihr gestolpert bin, waren tat-

sächlich auffallend elegant gekleidet. Der Typ, der meinem Fotografen die Lichtschirme ruiniert hat, war es allerdings nicht. Der Idiot hat eine Box voller Cupcakes über sein Equipment gekippt ..."

„Ich habe gehört, die Leyroux hätte mal mitten in einer Eröffnung eine ihrer Skulpturen vom Sockel gestoßen", meinte Beavis, „daraufhin hat man sie erst aus der Show geworfen, aber als dann alle darüber schrieben, hieß es, das sei Konzept ..."

„Davon weiß ich nichts", erwiderte Bärbel, „für die Fototaschen kann sie allerdings nichts. Sie lag zu diesem Zeitpunkt nämlich noch im Bett."

„Ich habe unlängst auch einen Interviewtermin verschlafen", warf Butt-Head ein, obwohl er noch nie ein Interview gegeben hat.

Bärbel sah ihn mitleidig an. „Dass die Leyroux verschlafen hat, glaube ich nicht, sie war nicht allein im Bett."

„Ich kenne eine, die hat eine Zeit lang zu ihren Girls gehört", meinte jetzt wieder Beavis, „die hat die Leyroux erst so richtig versaut und dann einfach fallen lassen, die ist total abgestürzt, hat sogar versucht, sich umzubringen ..."

„Wie ...", fragte Mona.

„Alle Künstlerinnen sind Vampire, und erfolgreiche wie die Leyroux sind besonders brutal."

Bärbel unterbrach ihn. „Das ist aber auch Stilisierung, Marketing, Strategie, vielleicht sogar ein bisschen zu viel Show. Die Party, das Bett, die Ergebenheit der anderen, dieses Sekten-, Kommunenhafte ... Und dabei ist das alles ja noch nicht einmal besonders neu, mit Kunst-

Cheerleadern aufzumarschieren. Selbst der Minister, der hier mit Pressesprecher und Bodyguard auftritt, im Prinzip ist das doch genau dasselbe. Real bedeutsamer macht ihn diese Inszenierung nicht, aber zugegeben, sie hat einen gewissen Effekt."

„Der Bodyguard ist dir also auch aufgefallen?", fragte D.

„Allerdings..."

Doch Beavis ließ nicht locker. „Von wegen Kommune! Anscheinend hat die Leyroux im Vergleich zu früher heute tatsächlich einen eher fixen Kreis an Freundinnen, die für sie arbeiten und mit ihr leben. Dazu gehört, wenn ich nicht irre, auch die da..." Beavis zeigte auf eine Frau Anfang dreißig mit weißgraublondierten Haaren und auffälligem Undercut, die links von ihnen in einer Gruppe stand. „Her yoga instructor..."

„Yogalehrerin, Agentin... Ich habe gehört, dass sie PR-Beraterin war, bevor sie sich der Leyroux angeschlossen hat", erwiderte Bärbel.

Mona fragte nach ihrem Namen.

„Sie heißt Larissa", wusste Bärbel, „das habe ich mir gemerkt, weil das Lieblingspferd im Reitstall meines Onkels so geheißen hat."

Beavis wollte eben etwas zu Pferdenamen sagen, da tippte Mona jemand von hinten auf die Schulter. „Hi, wie geht's? Alles gut? Wir sind zufällig vorbeigekommen... Was machen Paul und die Kinder?" Mona sah sich um. Da standen Eltern von einem Schulfreund ihres Sohnes, mit denen sie ein paar Mal essen waren. „Ihr seid geschieden, das wussten wir ja gar nicht... Wir haben deinen Mann, sorry Ex-Mann, zwar vor kurzem mit einer anderen Frau gesehen und uns noch gedacht, wie reagieren wir jetzt, wenn wir dich treffen, sollen wir es ansprechen oder besser nicht... Das war also seine Freundin, und er lebt schon länger mit ihr zusammen... Und was ist mit den Kindern? Die sind aber doch bei dir?" Mona dachte nicht daran, diesen Leuten zu erklären, wo ihre Kinder waren. Und so antwortete sie, halb, um der Situation zu entkommen, halb, weil sie plötzlich Lust hatte, Julies Arbeiten zu sehen: „Ich gehe dann mal rein!" Ließ die Gruppe stehen und drängte sich durch die gläserne Eingangstür in die Galerie.

Julies Ausstellung fokussierte auf wenige Arbeiten. Die drei Objekte, die im oberen Galerieraum auf unterschiedlich hohen Tischen gezeigt wurden, gehörten zu einer neuen, siebenteiligen Serie sozialer Skulpturen. Ihr Titel „Share Some Sweets With Me While I'm Away". Die Serie war Teil einer größeren Werkreihe. Dabei handelte es sich um Arbeiten von begrenzter Dauer, die sich erst in der Ausführung einer bestimmten Handlung vollständig realisierten. Das konnte etwa die Verbringung an einen festgelegten Ort sein oder, wie im Fall von „Share Some Sweets With Me While I'm Away", auch nur der Verzehr eines Bonbons.
Äußerlich glichen die Objekte aller Serien einander – kleinere transparente Kuben, die mit einer Öffnung, einer Art Tür versehen waren. Der Inhalt machte jedes Kästchen einzigartig. Genauso wie das Datum, mit dem die Zeitschlösser an ihren Türen programmiert waren. In den „Share Some Sweets With Me While I'm Away"-Kästchen lag jeweils eine angebrochene Tüte Bonbons,

die mit Klammern und Schnüren an der Bodenfläche fixiert war. Es handelte sich um eine eigene Kreation, die eine mit Julie befreundete Patissière entwickelt hatte. Kugeln von unterschiedlicher Größe, mit farbigen Streifen, angeordnet wie Breitengrade, in Rosa, Weiß, Grün, Gelb und Rot, deren süß-scharfe Note in ihrer Raffinesse an den Geschmack von Julies Küssen erinnerte. Erklärte die Patissière in einem Begleittext. Praktisch hätte die Herausforderung für sie darin bestanden, bei der Zugabe von Aromaträgern darauf zu achten, dass die schier unendliche Haltbarkeit von Zucker nicht beeinträchtigt wurde. Immerhin waren einige Zeitschlösser mit weit in der Zukunft liegenden Jahreszahlen programmiert.

Alles begann mit einem Apfel und einem schweren Abschied. Auf einem Flughafen, vor den Augen einer blau gekleideten Frau, die auf Julie wartete, um sie zum Gate zu bringen und in die Maschine zu setzen, allein. Julie, gerade einmal fünf Jahre alt, weinte. Sie wollte sich nicht von ihrer Mutter trennen. Da zog ihre Mutter einen Apfel aus der Tasche, biss ein paar Mal davon ab und gab ihn ihr. Julie aß ihn während des Fluges ganz langsam auf, und obwohl das Fruchtfleisch bald braun wurde und sie Äpfel gar nicht mochte, schmeckte ihr dieser wunderbar.

Warum dann Bonbons. Ein Bonbon zu lutschen, dauert etwa fünf bis sieben Minuten. Länger hält auch ein starkes Gefühl nicht an. In ihrer höchsten, intensivsten Form bleiben Angst und Wut, bleibt das Glück stets nur so lange, wie es dauert, bis ein Zuckerl auf der Zunge zergeht.

Mona hatte es nur bis zum ersten Kästchen geschafft, dort kurz in den Begleittext hineingelesen und sich dann von der Menge ins Untergeschoß drängen lassen, wo ein Video lief. Sie lehnte sich in der Nähe des Beamers an die Wand. Oben hatte sie Julie nicht mehr gesehen. Der Gedanke, sie könnte schon gegangen sein und Mona sie verpasst haben. Ein weiteres Mal. Wenn sie hier das Ende des Filmes abwartete. Aber sie war ohnehin viel zu unkonzentriert. Also ging sie wieder hinauf in den Hauptraum.
Mona war in der Nähe der Stiegen stehengeblieben, als sich aus dem Gewirr der Stimmen plötzlich eine einzige herauslöste. Sie kam aus dem von einer kniehohen Stellwand abgetrennten Office-Bereich der Galerie. Julie saß auf der Kante eines Bürotisches, ein Bier in der Hand, und unterhielt sich mit zwei Frauen. Sie schien noch ganz dieselbe. Lässig. Schön. Ihre braunen, langen Haare wie früher lose zusammengebunden. Und wie früher bemerkte Julie sie nicht. Das Winken, mit dem sie ihr Gespräch kurz darauf unterbrach, galt nicht Mona, sondern Larissa, die am anderen Ende der Galerie wohl nach ihr gesucht hatte.
Egal. Wenn nicht jetzt, wann dann. Mona machte einen Schritt auf Julie zu und erkannte die beiden Frauen, mit denen Julie sprach: Ann und eine Kuratorin des MUMOK. Ob dies wirklich der beste Zeitpunkt war. Sollte sie nicht doch noch etwas warten. Da hob Julie den Kopf. Sprang auf und starrte Mona an. Mona winkte Julie zu. Julie hob die Hand, aber sie winkte nicht zurück. Als ob Mona jemand wäre, den zu begrüßen sich nicht lohnte. Ihr wurde heiß. Und während

der Galerielärm um sie herum schnell zu einem einzigen Rauschen zusammenfloss, drang das Gespräch der drei Frauen umso deutlicher an ihr Ohr.
So hörte Mona, wie die Kuratorin des MUMOK, die erst seit einem halben Jahr in Wien lebte, sich von Ann die kontroversen Reaktionen auf eine frühere Ausstellung Julies berichten ließ, um sich anschließend bei ihr zu erkundigen, was sie denn so, off the record und ganz allgemein, von der Kunst und den Kunstschaffenden dieser Stadt hielt. Woraufhin Ann meinte, dass sie schon länger niemand mehr in ihr Programm aufgenommen habe, der aus Wien kam, weil es den Positionen hier an Radikalität, an Eigensinn mangle, dass, wer begabt, wer gut, wer außergewöhnlich sei, diese Stadt eher früher als später verließ. Dabei legte sie Julie die Hand auf die Schulter und strahlte sie an. Als die Kuratorin sich an Julie wandte, wissen wollte, ob sie das auch so sah, oder besser, erlebt hatte, damals, während ihrer Studienzeit in Wien, suchte Julies Blick erst wieder nach Mona, ehe sie der Kuratorin erzählte, sie habe keine besonderen Erinnerungen an ihre Wiener Zeit und außer Ann in dieser Stadt nie jemand kennengelernt, der auch nur irgendwie interessant gewesen wäre. Dann nahm sie einen Schluck Bier und fragte Ann nach ihrem Mantel.
Mona richtete sich den Kragen ihres eigenen und bahnte sich einen Weg durch die Menge. Nach draußen. Weg von ihr. Plötzlich bekam sie keine Luft mehr. An der Tür übersah sie eine Kante, stolperte, stieß gegen eine Frau, die das Gleichgewicht verlor und Mona mit umriss. Die Frau, mit der Mona zu Boden stürzte, war Larissa.

Und wie sie da so neben Larissa lag, begann Mona zu lachen. Erst verhalten, dann offen und laut.
Larissa hatte den Sturz mit den Händen abfangen können und sich den Straßenstaub von der Jacke gewischt, als Mona immer noch dalag und lachte.
Sie beugte sich zu ihr. „Are you alright?"
Mona nickte, konnte aber nicht aufhören zu lachen. „I am so sorry", sagte sie und meinte, *dass ich dich umgeworfen habe* und weiter, „es ist nicht wegen dir, der Grund, warum ich lache, it's me... and her..."
„Who?" Larissa hielt Mona die Hand hin, um ihr aufzuhelfen.
„Julie." Mona stand auf. Ihre Strumpfhose war zerrissen und die Haut an Knien und Handflächen ein wenig aufgeschürft.
„Are you hurt?"
Mona nickte, weil sie die Frage erst gar nicht auf ihren Sturz bezog.
Und Larissa, die ihren Schmerz verstand: „Whatever Julie said, she didn't mean it. Julie is not herself these days, don't be mad at her."
„But I am", erwiderte Mona und hörte endlich auf zu lachen. Dann nannte sie Larissa ihren Namen.
Larissa sah sie überrascht, fast erschrocken an. Hatte sie schon von ihr gehört? Mona fragte Larissa nach einer Zigarette. Der erste Zug schmeckte süß, der zweite bitter, nach dem dritten wurde ihr schwindlig. Aber es lag trotzdem nicht daran, dass sie die Zigarette noch vor dem vierten auf die Straße warf und Larissa umarmte.
Larissa schob sie weg, erkundigte sich aber nach ihrer Telefonnummer.

Auf dem Heimweg besorgte Mona sich am Margaretengürtel noch zwei Flaschen Bier und etwas Gras, weil diesem Abend anders nicht beizukommen war, und drehte sich zuhause einen ersten Joint. Claire rief an. Mona hob nicht ab. Nach ein paar Zügen verlor sie die Lust zu rauchen. Sie räumte das Bier in den Kühlschrank, zog sich aus und legte sich ins Bett.
Es war nach ein Uhr, als eine SMS sie weckte.
„Like to meet? Julie."
Mona richtete sich auf und machte die Nachttischlampe an. „Don't know."
„Where are you?"
„Home."
„Can I come?"
„Now?"
„Yes."
Mona zögerte. Gab Julie schließlich ihre Adresse und stand auf.

Seit ihre Kinder wieder bei Paul lebten, war Mona öfter umgezogen. Zuletzt in eine kleine Eineinhalb-Zimmer-Wohnung im 5. Bezirk. Sie brauchte allein nicht mehr Platz, sagte sie sich. Und dass es angenehm eng wurde, wenn Raffael und Felicitas sie besuchten. Dass einer von ihnen über Nacht blieb, kam nicht vor.

Es läutete. Mona suchte noch schnell nach einem Pulli, dachte, was, wenn Larissa Julie begleitete, und öffnete die Tür. Aber Julie war allein. Sah sie an. Ihre Augen glänzten. Etwas Dunkles lag in ihrem Blick. Mona küsste sie auf beide Wangen.

„Schön, dass du doch Zeit hast", sagte Julie und blieb in der Tür stehen.
„Komm rein..." Mona räumte ein paar Zettel und Wäschestücke vom Sofa. „Magst du Tee? Was anderes kann ich dir leider nicht anbieten." Sie wollte mit Julie jetzt kein Bier trinken, und Kaffee kochen schien ihr zu umständlich. Julie verneinte und setzte sich, noch im Mantel, auf einen Stuhl in der Nähe des Fensters.
„Schneit es?", fragte Mona und lehnte sich ihr gegenüber an die Wand. Dabei hätte sie warten können. Dass Julie begann. Sich erklärte. Etwas sagte, wie. Deshalb bin ich hier.
So sagte sie bloß: „Ich glaube nicht."
„Deine Haare..."
„Was ist damit?"
„Sie sind nass."
„Ich war schwimmen."
„Mitten in der Nacht?"
„Dann ist es am schönsten."
„Ich war schon so lange nicht mehr... habe nicht mal mehr einen Badeanzug."
„Ich auch nicht", erwiderte Julie.
Sie schwiegen.
Julie zog eine Packung Zigaretten aus der Seitentasche ihres Mantels, steckte sie aber gleich wieder zurück, als hätte sie plötzlich entschieden, keine Zigarettenlänge mehr zu bleiben. Und so beeilte Mona sich zu sagen:
„Tolle Eröffnung übrigens, und schöne Ausstellung..."
„Ich habe mich gefühlt wie ein Fisch im Aquarium."
„Ich hatte früher mal ein Aquarium, eine Tante hat es

mir geschenkt. Sie glaubte, Fische hätten die Kraft, Unglück abzulenken und auf sich zu ziehen."
„Und, hatte sie recht?"
„Vielleicht... In jenem Sommer bin ich von einem Gewitter überrascht worden, auf einem Feldweg, mitten im Nirgendwo. Ein Blitz schlug direkt vor mir in den Boden ein. Als ich nachhause kam, waren alle Fische tot."
„Trotzdem hast du heute keines mehr?"
„Nein... Ich finde Aquarien grausam. Außerdem fehlt mir der Platz", erwiderte Mona. Julie sah sich im Zimmer um. Mona folgte ihrem Blick, vom Couchtisch hinüber zu ihrem Arbeitstisch. Beide waren zu groß für dieses Zimmer, dominierten den Raum wie das dunkle, mehrstufige Plastikplateau ihr altes Aquarium. Mona war es bislang nicht aufgefallen. Ihre Wohnung war eng wie ein Goldfischglas. Sie hatte seit langem nach einem Wort für die Angst gesucht, die sie hier abends manchmal befiel, wenn sie allein war. Jetzt kannte sie es. Und da, wie ein Echo auf ihre Gedanken, hörte sie Julie fragen: „Wollen wir noch ausgehen?" Julie stand auf.
„Du bist enttäuscht? Ich bin es auch."
„Ich weiß nicht, was ich erwartet habe, aber das hier löst nichts, nicht mehr..."
„Du hast mich mitten in der Nacht aus dem Bett geholt, bleib' zumindest noch eine Stunde."
„Ich habe vergessen, wie anstrengend du sein kannst", meinte Julie, ehe sie sich auf das Sofa fallen ließ.
„Das sagst du... mir." Mona setzte sich neben sie.
Sie schwiegen.
„Lass uns rauchen...", sagte Julie.

Mona fischte den halben Joint vom Abend aus dem Aschenbecher, zündete ihn an und drehte einen neuen. Julie nahm einen Zug. „Und jetzt lass uns reden …“

„Und wenn ich nicht reden will?“

„Warum willst du dann, dass ich bleibe?“

„Du hast das auch schon öfter nicht gewollt, mit mir reden. Damals, am Flughafen …“ Mona bereute, ihre Reise nach Paris erwähnt zu haben. „Ich habe seither gelernt, das auszuhalten, und jetzt kann ich es, mit anderen schweigen, auch mit dir …“

Julie fiel ihr ins Wort. „Warum bist du heute gekommen?“

„Ich wollte deine Ausstellung sehen.“

„Warum ausgerechnet heute? Warum nicht früher?“

„Ich hatte Angst, du würdest mich nicht erkennen, und das hätte mich zu sehr verletzt.“ Julie starrte auf die Schulbücher, die auf dem Couchtisch lagen. Felicitas hat sie bei ihrem letzten Besuch vergessen. „Du hast Kinder?“

„Zwei.“

„Married?“

„Geschieden. Es stimmt schon, ich bin wirklich ziemlich banal.“

„Ich konnte in der Galerie nicht mit dir reden, vor all den anderen, deshalb habe ich etwas gesagt, das dich davon abhalten würde, mich anzusprechen.“

„Dann ist es also nicht wahr, dass du keine besonderen Erinnerungen an deine Zeit in Wien hast?“

„You never guessed? “

„What?“

Pause.

„That I was in love with you … deeply … madly … Ich habe mich nie wieder so an jemand verloren wie damals an dich. I'm here to tell you, um damit abzuschließen.
„Du hättest es mir sagen sollen."
„Das habe ich doch", antwortete Julie müde. „Der Schlüssel zu meinem Studio. Zu wissen, dass du da arbeitest, wohnst. Anyway, you didn't take the key …"
„Ich habe den ganzen Nachmittag auf dich gewartet, sogar die Nacht bei dir verbracht. Wo bist du nur gewesen?"
„Meine Mutter … Ihr Zustand hat sich plötzlich verschlechtert, ich musste zu ihr. Sie war schon länger krank und ist ein paar Tage später gestorben."
„I am so sorry …"
„Don't be. We weren't that close." Julie sagte diesen Satz so tonlos, dass Mona sicher war, dass er nicht stimmte. Der Joint war aufgeraucht. Julie zündete sich eine Zigarette an.
„I wonder if this is a good omen or a bad one", meinte sie dann, „dich ausgerechnet heute wiedergetroffen zu haben. Bis jetzt hat es mir nie Glück gebracht, mit dir zusammen zu sein."
„Du bist unfair."
„Vielleicht", erwiderte Julie. Aber sie sagte es ohne Nachdruck.
„Du hast mich verwirrt, verunsichert … und mir ja auch gar keine Zeit gelassen, mir über meine Gefühle klar zu werden, whether I was in love …"
„I know that you weren't. You were curious, you were flattered, you liked me, but you were not in love. I think you are the type that never falls in love."

Julie stand auf. Und obwohl Mona sich ärgerte, wollte sie nicht, dass Julie jetzt ging. „Du verdrehst alles", sagte sie, und „so ist das alles nicht gewesen. Nicht ich habe dich zurückgewiesen, sondern du mich, in dieser Nacht. Warum hast du mich nicht geküsst, nicht mit mir geschlafen?" Sie war jetzt auch aufgestanden. Kam Julie plötzlich sehr nah.

Da zog Julie sie an sich. „Du hast mich nicht ein einziges Mal berührt, immer nur auf meine Berührungen reagiert, gewartet. Deine Passivität hat mich irgendwann zu sehr abgeturnt." Sie ließ Mona los.

Mona machte einen Schritt zurück. Und nur um nicht zu weich zurückzuschlagen, sagte sie:

„I fucked with your brother instead."

„I know." Julie griff nach den Zigaretten, die noch auf dem Tisch lagen, und steckte sie ein.

„Er hat es dir erzählt?"

„Nein, ich bin in dieser Nacht zurückgekommen."

„Hast du auch mit seinen Freundinnen geschlafen?"

„Ja, anfangs, aber sie waren mir meist zu nett und nicht wirklich gut im Bett, und so hat es mich bald gelangweilt. Hast du wieder von ihm gehört?"

Mona schüttelte den Kopf. Musste plötzlich niesen. Das Cannabis. Und gleich noch einmal.

Und Julie sagte: „À tes amours!"

Mona sah sie verständnislos an. Dachte. Welche Lieben. Und musste, statt zu niesen, lachen. Sie wusste nicht, dass Julie das nur so hingesagt hatte, „à tes amours" eine Floskel war, mit der man auf zweimaliges Niesen reagierte, so wie man beim ersten Mal „auf deine Träume" wünschte und beim dritten Mal „auf deinen Tod".

Und Julie lachte mit. Vielleicht, weil Monas Lachen sie berührte, vielleicht war es aber auch nur das Gras.

Mona holte die beiden Flaschen Bier aus dem Kühlschrank. Drehte einen weiteren Joint. Sie war bereits ein wenig high, als sie sagte: „Es war Larissa, oder ... Sie hat dir meine Nummer gegeben, hat sie gewollt, dass du mich siehst ..."
„I don't want to talk about Larissa."
Sie schwiegen.
„When you asked me to come to Paris with you ... hattest du unseren Rückflug da schon gebucht?"
„Nein ..."
Sie rauchten den letzten Joint schweigend zu Ende, dann nahm Mona Julies Gesicht in ihre Hände und sah sie mit einem sehr zärtlichen, aber schon ein wenig verschwommenen Blick an.
„I love you, you know, I do." Sie küsste Julie. „Es ist spät geworden, du siehst müde aus. Bleib doch einfach hier, nur so, nur wir zwei ..."

Als Mona am nächsten Morgen gegen halb sieben erwachte, war Julie nicht mehr da. Auf dem Couchtisch fand sie einen Zettel. Julie hatte das Bild eines Schlüssels darauf gezeichnet.

Mona sollte Julie nie wiedersehen.

II.

Ann oder Die Arbeit

Ein Vormittag Ende Jänner 2016 in Wien

„Einmaligkeit ist überbewertet“, hatte Ann unlängst nach jetlagbedingt langen, schlaflosen Stunden auf das abgerissene Etikett einer Wasserflasche gekritzelt, die wie üblich auf ihrem Nachtkästchen stand. Weil sie die Regel, nicht die Ausnahme war und jede Wiederholung nie einfach nur als Nachhall eines stärkeren, besseren Originals gesehen werden konnte, sondern... Als ihr am Morgen beim Duschen dieses Satzfragment wieder in den Sinn kam und sie bald, in ein Handtuch gewickelt, auf dem Etikett nach seiner Fortsetzung suchte, stellte sie fest, dass ihre Notiz genau an jenem Punkt, an dem es auch ihre Erinnerung tat, abbrach. Auf einem der Papiertaschentücher, auch sie stets in Griffweite neben ihrem Bett, entdeckte sie dann zwar noch die Worte „verdichtete Zeit“ und „Versprechen“, konnte aber beim besten Willen nicht mehr sagen, wie und ob sie diesen Gedanken fortführten.

Es war nur ein einziger kristallheller Tropfen, der sich an Julies nacktem Bein den Weg nach unten bahnte. Dies geschah 2002, anlässlich jener Gruppenausstellung in Anns Galerie, mit der ihre Zusammenarbeit begann. Noch während Ann überlegte – sie hatte Julies Möse von ihrem Platz aus nicht sehen können –, wie Julie es anstellte, dass sie so trocken blieb, und zu dem Schluss kam, dass sie nicht rasiert war und die Schamhaare alles auffingen, war der Tropfen perlengroß unter ihrem Rock hervorgerollt. Julie, die sich gerade mit jemand unterhielt, reagierte nicht auf ihn. Auch sonst schien ihn niemand zu bemerken. Nur Ann war wie hypnotisiert. Sie folgte gebannt der glänzenden Spur, die er auf Julies sommerbrauner Haut hinterließ, während er an der Innenseite ihres Oberschenkels auf das Knie zulief. Als Julie ihr Bein leicht anhob, wurde er langsamer, gewann dafür an Geschwindigkeit, sobald sie es wieder abstellte. Doch bevor der Tropfen Julies Knöchel erreichen und sich in ihrem Sneaker hatte auflösen können, entdeckte ihn eine der beiden Freundinnen, die Julie nach Wien begleitet hatten, beugte sich nach vor und fing ihn mit dem Zeigefinger auf. Dann steckte sie sich den Finger in den Mund.

Ann hatte dieses Bild ungewollt vor Augen, als sie zwei Tage später auf einem improvisierten Podium neben Julie saß. Nur seinetwegen hatte sie das Künstlerinnengespräch von der Galerie in den begrünten Innenhof verlegt. Weil sie Sorge hatte, sie könnte sich drinnen nicht konzentrieren, wenn sie das Pissoir, das dort mitten im Raum auf einem Podest lag, dauernd im Blick hatte. Es ärgerte sie, dass sie dieser Tropfen so reizte, trotzdem schaffte sie Stühle und Klapptische in den Hof. Ganz allein, denn in dieser Phase ihrer Selbstständigkeit war das Geld so knapp, dass sie sich nicht einmal eine Praktikantin leisten konnte und außer der Kuratorin, die mit verstauchtem Fuß in ihrem Büro saß, niemand da war, den sie hätte fragen können. Es war ein ungewöhnlich warmer Herbstnachmittag. Als Ann auf Wunsch der Kuratorin noch einige Decken aus dem Lager holte, die sonst beim Transport fragiler Arbeiten Verwendung fanden, war ihr Dekolleté nass vor Schweiß. Und das, obwohl Ann sonst nie schwitzte, selbst beim Joggen höchstens rot anlief und nicht feuchte, sondern kalte Hände bekam, wenn sie nervös war. Deshalb hatte sie ihre Podiums-Bluse im Lager schnell gegen ein T-Shirt mit „Galeristin"-Aufdruck getauscht, das Einstandsgeschenk eines Freundes. Die Decken legte sie neben den Stühlen am Rand der Grasfläche wie für ein Picknick auf.

Die Gruppenausstellung, mit der „Zimmer, Küche, Bad in Arkadien" in wichtigen Kunstmagazinen erstmals international Aufmerksamkeit erregte, trug den Titel „AvantGirls, feministische Aneignungen der Moderne". Sie umfasste sechs junge künstlerische Positionen. Nach einer etwa zweijährigen, in jeder Hinsicht prekären Anfangsphase markierte diese Ausstellung für Anns Galerie endlich den Wendepunkt. Kuratiert hatte sie Hannah, nunmehr Direktorin des MUMOK, die damals schon zu den gefragtesten und bestvernetzten Macherinnen der Wiener Kunstszene zählte. Ann hatte sie mit viel Einsatz dafür gewinnen können, „AvantGirls" in ihren Räumen zu realisieren, und ihr bei der Auswahl der Künstlerinnen freie Hand gelassen. Es sollte ihre berufliche Beziehung festigen, dass Ann vier Namen von Hannahs Liste nach Ende der Ausstellung ins reguläre Programm übernahm. Zum Aufstieg ihrer Galerie trugen sie später wesentlich bei. Der vielversprechendste und erfolgreichste war von Anfang an: Julie Leyroux.

Das zeigte auch das Künstlerinnengespräch, das nur ihretwegen so gut besucht war. Hannahs Fragen konzentrierten sich auf Julies Beziehung zu Elsa von Freytag-Loringhoven, einer deutschen Künstlerin der dadaistischen Avantgarde, die 1913 in New York gestrandet war. Dort hatte sie als Modell für Aufsehen gesorgt, dann mit ihren Versen – Julie rezitierte ihr Lieblingsgedicht „Body Sweats" – und durch die Kontroverse um ein Werk, das heute als wichtigstes Readymade der Kunstgeschichte gilt. Denn „Fountain", mit „R. Mutt 1917" signiert, ist nicht von Duchamp. Sondern von ihr. Das anzunehmen gäbe es gute Gründe, erklärte Julie. Und berief sich unter anderem auf einen Brief Duchamps, in dem er seiner Schwester berichtete, dass eine Freundin „Fountain" unter einem männlichen Alias bei der Society of Independent Artists zur Teilnahme an der großen Schau im Grand Central Palace eingereicht hätte.

Julies Arbeit „fountain.reverse" verhandle die Moderne „als Schaukampf phallischer künstlerischer Selbstsetzungen, indem sie sie im mimetischen Spiel an ihrem eigenen Pathos auflaufen lässt", hieß es im Pressetext. Sie bestand aus skulpturalem Objekt und Performance. Ersteres war eine im Abflussbereich versiegelte Replik des originalen Pissoirs, die Julie auf einem Podest ausstellte. In der Performance dekonstruierte sie die Setzung als Kunstwerk und führte das Pissoir schrittweise wieder seinem Gebrauch zu.

Dafür schraubte sie im größten Eröffnungstrubel zwei Haken in vorgedübelte Löcher an die Wand, nahm das Pissoir vom Podest und befestigte es daran. Dann brachte sie sich mit dem Rücken zur Menge leicht gedreht in Stellung. Julie trug an diesem Abend einen kurzen Rock, der ihr viel Bewegungsfreiheit ließ, und hatte vorher zwei Flaschen Bier geleert. Sie stemmte ihr rechtes Bein in Hüfthöhe gegen die Wand, und da sie keinen Slip anhatte, traf sofort ein heller Strahl in die dafür vorgesehene Öffnung der schnabelförmigen Keramik. Die Performance war über diesen Abend hinaus in Wien ein ziemlicher Aufreger gewesen.

Auf die erste Publikumsfrage, warum Elsa von Soundso Duchamp nicht widersprochen, ihre Urheberschaft nicht selbst bekannt gemacht hätte, erwiderte Julie, sie habe dazu keine Möglichkeit gehabt. Zum einen, weil das Originalpissoir bereits 1917 verloren gegangen war, genauer gesagt von jenem Galeristen auf den Müll geworfen wurde, der ihm zuvor zu seiner einzigen Ausstellung verholfen hatte, denn die Society of Independent Artists habe letztlich abgelehnt, „Fountain“ zu zeigen. Zum anderen sei Elsa von Freytag-Loringhoven 1941, als Duchamp seine „Boîte-en-valise“ mit einer Miniatur des Pissoirs versah und „Fountain“ damit wahrscheinlich erstmals offiziell als sein Werk reklamierte, schon lange tot gewesen. Sie war Anfang der zwanziger Jahre nach Europa zurückgekehrt und 1927 verarmt und in labilem Geisteszustand in Paris gestorben.

Anns Arbeitstage in der Galerie waren streng getaktet. Ihre terminliche Rigidität war mit dafür verantwortlich, dass sie in der österreichischen Kunstszene große Autorität genoss, ja mancherorts sogar gefürchtet war. In der Szene kannte man sie als jemand, um den herum die Welt immer in Bewegung war. Ihrem Team galt sie als geradezu herausfordernd aktive, selbstbewusste, wenn auch ein wenig spleenige Frau. Das lag vor allem daran, dass Ann es sich trotz ihrer dichten Agenda nicht angewöhnen konnte, ihre Ideen und Termine so zu erfassen, wie das Leute mit ihrem Arbeitsaufkommen taten, sie digital festzuhalten oder zumindest in einem Notizbuch. Was sie beschäftigte, kritzelte sie auf viele kleine, irgendwo abgerissene Zettel, die sich tagsüber in ihrem Büro und morgens und abends auch in ihrer Wohnung verteilten. Ann ging beim Telefonieren und Nachdenken gern von Tisch zu Tisch oder Zimmer zu Zimmer und spielte dabei mit diesen Zetteln, um sie nach Abschluss eines Gesprächs oder Gedankens auf dem nächstbesten Platz abzulegen. Anns Termin- und Ideenzettel funktionierten deshalb auch als eine Art Stimmungsbarometer. Je mehr Zettel herumlagen bzw. je schneller sie von einem Ort zum anderen wanderten, umso besser ging es ihr, und umgekehrt, je aufgeräumter Anns Büro bzw. ihr Wohn- oder Schlafzimmer waren, umso weniger angeraten schien es, sie unbedacht anzusprechen. So war es durchaus kein schlechtes Zeichen, wenn Anns Tag mit der Suche nach einem Notizzettel begann und nach Dusche und einer Tasse grünem Tee mit einem Anruf bei ihrer wichtigsten Assistentin endete, die sich an diese Eigenart ihrer Chefin längst gewöhnt hatte und in ihrem eigenen Smartphone für sie stets mit Buch führte.

Ann trank keinen Kaffee mehr, weil sie ihre Zähne regelmäßig bleichen ließ und sein anhaltend starker Nachgeschmack sie zu sehr störte.

Seit „Zimmer, Küche, Bad in Arkadien" im oberen Galerienfeld angekommen war und an den wichtigsten Kunstmessen der Welt teilnahm, hatte sich die Arbeit für Ann und ihr Team vervielfacht, und das, obwohl Ann ihren Mitarbeiterinnenstab in dieser Zeit weiter ausgebaut hatte und Julie, die von jeher den größten Teil ihrer Ressourcen beanspruchte, sich spürbar von ihrer Galerie zurückzog. Ann hatte lange nicht gemerkt, dass dies mit Larissa zusammenhing und der immer wichtigeren Rolle, die sie im Leben Julies spielte. Als ihr das klar wurde, geriet sie ziemlich unter Druck.
Deshalb war sie dann wohl auch, entgegen der Routine, mit der sie sonst in Ausstellungsarbeiten ging, in der monatelangen Vorbereitung von Julies fünfter Solo-Show, die Ende Jänner 2016 in ihrer Galerie eröffnet werden sollte, so unsicher, als wäre es ihre erste. Sie verlor sofort die Fassung, wenn etwas nicht ganz genau nach Plan lief, obwohl sie aus Erfahrung wusste, dass es das nie tat. Ann war in dieser Zeit so außer sich, dass selbst das Zettelbarometer seine Aussagekraft verlor. Denn obwohl ihr Büro nie dichter von Papierschnipseln übersät war als in jenem Spätherbst und Winter, da Julies Name groß und unterstrichen auf fast jedem von ihnen stand, hatte ihr Team sie nie unentspannter gesehen. Die Situation verschärfte sich noch einmal unmittelbar vor der Eröffnung. Dabei zählten die Arbeitswochen nach den Weihnachtsferien sonst zu den lockersten

des Jahres und ein Vernissagentermin im Jänner zu den begehrtesten. Der Messetrubel ging mit der ARCO in Madrid erst Ende Februar wieder richtig los, und so kunstausgehungert wie Ann und ihr Team zeigte sich in diesen Wochen stets auch die ganze Szene.

Nur im Jänner 2016 war von der üblichen, fast euphorischen Atmosphäre in Anns Galerie nicht viel zu spüren. Die Follow-up-Arbeit für die Art Basel Miami Beach zog sich hin, zwei Großformate waren beim Abbau schwer beschädigt worden, ein Sammler trat nach langem Hin und Her von einem wichtigen Ankauf zurück, ein anderer hielt sie mit Lizenzfragen auf Trab. Unabhängig davon steckten in Melbourne fünf Objekte einer jüngeren Künstlerin im Zoll fest. Dann erhielt Ann in diesen Tagen lang erwartete Produktionsfotos einer Monumentalskulptur, die sie für ein Künstlerkollektiv, das sie vertrat, fernab in Auftrag gegeben hatte. Nichts, was darauf zu sehen war, entsprach ihren Erwartungen. Und zu guter Letzt erreichte sie die Nachricht, dass es in der Einheit über ihrem Depot in Wien einen Wasserrohrbruch gegeben hatte. Als der Transport mit Julies Arbeiten fristgerecht und unbeschädigt etwas mehr als eine Woche vor Ausstellungsbeginn in der Galerie eintraf, schien es deshalb allen erst so, als ob die Pechsträhne damit ein Ende fände. Aber schon die unerwartet kleine Crate, die abgeladen worden war, hätte Anns Team misstrauisch machen müssen, und tatsächlich stellte es beim Entpacken schnell fest, dass vier der angekündigten sieben Glaskästchen fehlten und keine weitere Arbeit als Ersatz mitgekommen war. Ann konnte Julie nicht erreichen, und Larissa erzählte etwas von Überschneidungen und anderen wichtigen, sehr kurzfristigen Anfragen, die Julie gezwungen hätten, ihren Auftritt in Wien zu reduzieren. Da wurde Ann, entgegen ihrer Art, sehr laut. Auch wenn es jeder Künstlerin frei stand, wie dicht sie ihre Galerieräume bespielte, so wollte Ann nichtsdestotrotz irgendwann verlässlich über den Umfang informiert sein. Das galt auch für ihren prominentesten Namen. Außerdem hatte Julie ihr schon seit längerem keine neuen Arbeiten mehr überlassen und Ann gerade jetzt darauf gezählt. Bei der Auktion im Dorotheum vergangenen Herbst hatten ihre Werke Rekordpreise erzielt, wodurch sich das Interesse an der kommenden Ausstellung bei ihr noch einmal erhöhte. Dass Julie sie nicht persönlich von ihren Planänderungen informierte, sondern Larissa als Kommunikationsrohr dazwischenschob, kam für Ann hingegen kaum überraschend, ärgerte sie deshalb allerdings nicht weniger. Aber gut. Wenn nicht mehr Arbeiten verfügbar waren, würde man die Ausstellungsfläche im Untergeschoß eben schließen müssen. Das sagte sie Larissa dann auch unmissverständlich.

Üblicherweise war, ungeachtet möglicher Probleme und Querelen im Vorfeld, am Eröffnungstag alles vergeben und vergessen und Anns Stimmung und die ihres Teams so aufgekratzt und sektgetränkt, wie es sich für eine Galerie ihres Rangs gehörte. Dieser besondere Eröffnungsmood hielt, abhängig davon, wie gut die ersten Tage liefen, nach Leyroux-Vernissagen bis zu einer Woche an. An diesem Vernissagenabend 2016 stellte er sich allerdings gar nicht erst ein.

Wahrscheinlich übersah Ann deshalb in den kommenden Tagen die Signifikanz bestimmter Ereignisse, erkannte die Zeichen nicht, bis dann Dienstagvormittag Dinge geschahen, die so augenfällig waren, dass sogar ihr Sohn sie in einen Zusammenhang brachte.

Eigentlich war Ann nicht abergläubisch. Seit sie jedoch vor zwei Jahrzehnten in einem Proseminar den Satz, den sie später Nietzsche zuschrieb, obwohl er von Hegel war, aufgeschnappt hatte, nämlich dass erst durch die Wiederholung das, was im Anfang nur als zufällig und möglich erscheint, zu einem Wirklichen und Bestätigten wird, hatte sie sich angewöhnt, genauer hinzusehen, wo ein Ereignis nicht singulär blieb. So registrierte Ann mittlerweile unbewusst, wenn ihr etwa an einem Tag zum zweiten Mal etwas hinunterfiel oder Kolleginnen sich beim selben Wort versprachen, wenn sie in verschiedenen Städten exakt um die gleiche Zeit landete oder ein selten gespielter Song an einem Tag in mehreren Taxis lief.

In diesem Sinne begann alles Montagabend in Anns Küche mit einer SMS. Ann hatte zuvor ein weiteres Mal versucht, Julie telefonisch zu erreichen, war aber nur wieder an ihre Sprachbox gelangt. Zu diesem Zeitpunkt beunruhigte sie das mehr, als dass es sie ärgerte, denn ihre Wut hatte nur für die erste Hälfte der gut hundert Stunden gereicht, die sie es erfolglos versucht hatte. Ann hatte Julie und Larissa übers Wochenende wiederholt aufs Band gesprochen, Larissa angemailt und beide mit Chat- und Textnachrichten geradezu bombardiert, ohne dass eine von ihnen von sich hätte hören lassen.

Julie war während der Ausstellungseröffnung am Donnerstag plötzlich verschwunden.
Gegen acht Uhr hatte Ann sich mit ihr und einer Kuratorin des MUMOK noch hinten im Office-Bereich der Galerie überaus angeregt unterhalten, und es war bestimmt kein böses Wort gefallen, bevor Julie ihr Gespräch beiläufig unterbrach und nach ihrem Mantel fragte, weil sie, wie sie meinte, in letzter Zeit ständig fror. Ann bot Julie sogar an, den Mantel für sie aus der Garderobe zu holen, so unglaublich erleichtert war sie, dass schlussendlich doch alles aufgegangen war, das Unterschoß hatte bespielt werden können und ihre wichtigste Künstlerin zufrieden schien. Aber Julie winkte nur höflich ab. Auf dem Weg durch die Menge sah Ann sie noch jemand begrüßen, verlor sie dann aus den Augen. Als sie nach Julie zu suchen begann, da sie den Trubel an ihrer Seite doppelt genoss, war Julie nirgendwo zu finden. Um halb neun zog Ann sich zum Telefonieren in ihr Büro zurück. Julies Handy war aus. Und plötzlich schien es, dass auch Larissa, die eben noch auf der Straße mit einer Künstlerin geredet hatte, deren Namen Ann sich nicht merken wollte, verschwunden war.
Julie kam später auch nicht zum Dinner in jenes haubengekrönte Restaurant, in dem Ann besonders wichtige Eröffnungen ausklingen ließ. Auch Larissa tauchte nicht auf. Ann hatte Julies wegen ihre größten Sammler eingeflogen, und sie alle hatten gemeinsam mit Hannah, die wie verabredet zum Essen dazugekommen war, bei

Aperitif und Vorspeise zwei Stunden auf Julie gewartet, bis die Ersten enttäuscht gingen und der Rest sich hungrig über den Hauptgang hermachte. Dass Julie auch auf der Party fehlen würde, die Ann für sie in einem Club organisiert hatte, war zu diesem Zeitpunkt allen, die sie ein wenig kannten, klar, weshalb Ann entschied, da erst gar nicht hinzugehen.

Am Freitag blieb Julie zwei weiteren wichtigen Terminen fern, wobei einer davon schon seit Monaten fixiert war. Ann konnte sie immer noch nicht erreichen. Beim Gedanken, dass ihr oder Larissa etwas zugestoßen sein könnte, fühlte sie sich einen Moment lang schuldig. Naheliegender aber schien, dass sie einfach abgereist waren. Selbst überprüfen wollte Ann das nicht. Also schickte sie Samstagvormittag eine ihrer Mitarbeiterinnen in die Wohnung, die sie für Julie, Larissa und die Assistentinnen, die mit ihnen nach Wien gekommen waren, über Airbnb gemietet hatte. Die Mitarbeiterin fand die Wohnung leer vor.

Ann rief Julie danach nicht wieder an, weder am Samstag noch am Sonntag, den sie mit ihrem Mann Lorenz und ihrem gemeinsamen Sohn Oskar verbrachte. Sie hatte Lorenz nach ihrem letzten Streit versprochen, dass sie ihr Handy zuhause nicht mehr anrührte, und hielt seinetwegen auch noch am Montag, ihrem zweiten freien Tag der Woche, den sie sich normalerweise nicht nahm, bis Nachmittag durch. Dann hatte sich ihr Ärger wieder so hochgeschaukelt, dass sie es erneut versuchte, Anruf, Nachricht, Mail, was sie, weil alles ergebnislos blieb, jedoch sofort bereute.

Gegen 17 Uhr hatte Ann ihr Smartphone auf die Theke der zum Wohnzimmer hin offenen Küche gelegt und in einem der oberen Einbaukästen in einer nie benutzten Sauciere nach den Notfallzigaretten gesucht, die Lorenz dort vor ihr versteckte. Ann und er hatten, als sie 2011 zusammengezogen waren, gemeinsam mit dem Rauchen aufgehört und offiziell nicht wieder damit angefangen. Bis Lorenz vor etwa drei Jahren in Väterkarenz gegangen war. Seither roch sein T-Shirt, wenn Ann ihn abends umarmte, gelegentlich nach Tabak. Ann hatte ihn nie darauf angesprochen. Immerhin verhielt sie sich heimlich ebenso inkonsequent wie er.

Sie dachte, wie viele unnötige Dinge sie doch besaßen und dass sie sich gar nicht mehr erinnern konnte, ob das monströse Service, zu dem die Sauciere gehörte und das vier lange Regalbretter füllte, ein Hochzeitsgeschenk war oder Lorenz es selbst angeschafft hatte, bevor er sich entschloss, seinen Asset-Manager-Job an den Nagel zu hängen und Koch zu werden. Ann hatte alle Teller und Schälchen gerade wieder in ihre staubmarkierte Position gebracht, da vibrierte ihr Smartphone. Das Display zeigte eine neue SMS. Schon daran erkannte Ann Julie, weil sie neben ihrer Mutter die Einzige war, die noch SMS schrieb.

Julie entschuldigte sich nicht. Da stand nur, dass etwas passiert war und sie sich in ein paar Tagen wieder melden würde. Die Vorstellung fand Ann wenig befriedigend. Sie rief gleich zurück, und diesmal hob Julie ab, doch ihre Stimme klang ungewohnt leise und sehr müde. Ann war später nicht ganz wohl bei dem Gedanken, so gar nicht darauf reagiert zu haben. Julie war noch in Wien, erklärte aber, sie könne Ann nicht mehr sehen, bevor sie Dienstagnachmittag abflog. Den Grund wollte sie ihr auch auf Nachfrage nicht nennen. Das machte Ann wütend, sodass sie erst recht auf einem Treffen bestand und Julie all die dringenden Angelegenheiten aufzuzählen begann, die es abzuarbeiten galt. Eine lange Liste, die Julie mehr und mehr verstummen ließ. In die Stille, die eintrat, platzten die Signaltöne einer Sirene, und dann sagte Julie zu, am Dienstag, um 10.30 Uhr noch kurz bei Ann in der Galerie vorbeizukommen.

Lorenz hatte sich mit Oskar schon bald nach Mittag ins an die Wohnküche angrenzende Kinderzimmer zurückgezogen, nachdem er Ann zum wiederholten Male vorgeworfen hatte, dass mit ihr nichts anzufangen war und freie Montage, an denen sie in Gedanken erst wieder an ihrem Schreibtisch in der Galerie saß, niemand etwas brächten. Dabei zeigte er sich an diesem Nachmittag ausnahmsweise einmal nicht auf der vollen Höhe seines väterlichen Selbst und wirkte ziemlich abgespannt. So hatte Ann ihren Sohn nicht wie sonst begeistert mit Papa spielen, sondern, weil dieser sich bei einem Autorennen nicht genug engagierte, laut mit ihm streiten hören. Dann war es ruhiger geworden. Ann fand beide schlafend, Lorenz rücklings auf Oskars Kinderbett ausgestreckt und Oskar halb auf ihm, als sie nach dem Telefonat mit Julie zu ihnen ins Zimmer schaute. Und obwohl Oskar um diese Zeit eigentlich nicht schlafen sollte, weil er dann abends nicht ins Bett zu bekommen war, weckte Ann ihn nicht, sondern nutzte die Gelegenheit, um unbemerkt auf dem großen Balkon eine zu rauchen.

Ann und Lorenz hatten diese Wohnung im 2. Bezirk gekauft, als es noch kein Millionenerbe brauchte, um auf einigermaßen komfortabler Quadratmeterzahl zu leben. Die Wohnung lag in der Nähe des Augartens im Seitengebäude eines revitalisierten Gründerzeithauses und ging über die Hälfte der dritten Etage. Ihr Balkon zeigte in einen Innenhof, und obwohl sie sich nur seinetwegen für diese Wohnung entschieden hatten, benutzten sie ihn später kaum.

Draußen war es windstill und sehr kalt. Ann schob die Fenstertür hinter sich zu. Es würde sich gut anfühlen, hier im Hof, vor den Augen der SUV-fahrenden, aber nikotinfreien Nachbarn nach all den Jahren endlich einmal eine zu rauchen. Sie steckte sich die Zigarette zwischen die Lippen. Das Feuerzeug, das Lorenz benutzte, hatte breite grün-rote Streifen und einen goldenen Verschluss und schien leer, jedenfalls zündete es nicht. Ann wollte schon aufgeben, da schoss plötzlich eine hohe Stichflamme hervor, traf mitten in ihre kinnlangen, sehr glatten Haare und setzte sie in Brand. Ann stürzte zurück in die Küche, wo sie ihren Kopf in der Spüle so lange unters fließende Wasser hielt, bis der beißende Geruch sich gelegt und ihr Puls sich einigermaßen beruhigt hatte. Dann stolperte sie am Kinderzimmer vorbei ins Bad. Als sie dort einen Blick in den Spiegel warf, begann sie zu fluchen. Sie erschrak, als Lorenz plötzlich in der Tür stand, mindestens ebenso sehr wie er. Die Stichflamme hatte ihre Haare an der Stirnseite bis fast hinauf zum Ansatz versengt. Lorenz warf das Feuerzeug später kommentarlos in den Müll. An diesem Abend gingen sie alle sehr früh zu Bett.

Am Dienstagmorgen erwachte Lorenz mit hohem Fieber. Er sah sich außerstande, auf Oskar aufzupassen. Ann telefonierte nach einem Babysitter. Ohne Erfolg. Da weder ihre noch Lorenz' Familie in Wien lebten, entschied sie, Oskar zu ihrem Frisörtermin mitzunehmen, den sie am Vorabend noch schnell vereinbart hatte, nicht ohne sich dabei über die Öffnungszeiten der Läden in ihrer Gegend zu wundern, die, wie Galerien, alle Montag geschlossen hielten. Heutzutage sah sich eben jeder als Künstler.

Ann war nicht eitel. Was ihr Aussehen betraf, legte sie nur auf Frisur und Schuhe besonderen Wert. Sie trug ihre Haare stets offen, in der Mitte gescheitelt und entgegen der leichten natürlichen Welle bis in die Spitzen glatt geföhnt, wie eine Wand, die knapp unter ihrem Kinn endete. Umso verspielter zeigte sie sich in der Wahl der Schuhe. An ihren Füßen spiegelte sich das modische Selbstverständnis der beiden Städte, die sie beruflich am stärksten geprägt hatten. Von der Berliner Lässigkeit zeugten die auffälligen, teils futuristischen Sneakers, mit denen Ann zur Arbeit fuhr oder ins Flugzeug stieg. New Yorker Glamour vermittelten die gefährlich hohen, dekonstruktivistischen Pumps, die sie in der Galerie oder auf Messen trug. Für ihre Kleidung bevorzugte sie dunkle Farben, verabscheute Zweiteiler, Hosenanzüge oder Kostüme, wobei sie sogar Socken online kaufte, weil sie Shoppen-Gehen hasste.

Während Ann sich einen bis hinter die Schläfen reichenden Pony schneiden ließ, lief Oskar aufgeregt von Frisierstuhl zu Frisierstuhl. Er hatte großen Spaß, war fasziniert von den Haarabfällen, die überall am Boden herumlagen. Ann musste ihn immer wieder ermahnen, nichts anzufassen und in der sauberen Hose nicht auf den Knien herumzurutschen, aber Oskar reagierte auf ihre Ermahnungen kaum. Vor dem Föhnen gelang es ihr, eine Bekannte aufzutreiben, die ihren Sohn ab Mittag übernahm. Zuvor würde sie eben eine ihrer Mitarbeiterinnen bitten müssen, sich um Oskar zu kümmern, damit sie selbst zum Arbeiten kam.
Die Frisur, mit der Ann den Laden viel zu spät verließ, gefiel ihr nicht. Sie passte nicht zu ihrem scharf konturierten, ovalen Gesicht. Ließ sie strenger aussehen, als sie war. Sie beschloss noch in der Tür, sich die Haare bei nächster Gelegenheit ganz abschneiden zu lassen.

An der Taborstraße nahm Ann mit Oskar gegen zehn die U2 und überflog auf der Fahrt ihre Mails. Als sie beim Museumsquartier ausstiegen, rief Hannah vom Flughafen an, um sich nach Julie zu erkundigen. Die Station mündete in eine kleine, unterirdische Passage mit Fahrkartenautomaten, einer Buchhandlung, einem Sushi-Laden und einer öffentlichen WC-Anlage. An sie schlossen rechterhand zwei unbeleuchtete Nischen an, in denen je ein Relikt aus vordigitaler Zeit, ein Karten- bzw. Münztelefon hing. Ann, die immer noch telefonierte, war vor der Buchhandlung stehengeblieben, da riss Oskar sich plötzlich von ihr los, rannte zu einer der Nischen, kniete sich hin und hob etwas Dunkles vom Boden auf. Ann konnte auf die Entfernung nicht erkennen, was es war, rief: „Nicht Oskar, lass das!“, schob Hannahs Anruf weg und lief ihm nach. Als sie sich über ihn beugte, hielt Oskar ihr einen langen, dichten Zopf hin, sah sie mit strahlenden Augen an und sagte: „Haare für dich, Mama.“ Ann starrte erschrocken auf die schönen, braunen Strähnen, die wie Sand über seine Finger flossen und unterhalb schiefer, kurzer Schnittspuren mit einem Haargummi zusammengebunden waren. Ihr gruselte es vor dem Zopf, und obwohl er frisch glänzte, löste sie ihn schnell aus Oskars Griff, nahm ein feuchtes Tuch aus der Tasche und wischte ihm die Finger ab. Oskar wehrte sich. Ann verstand ihn, verstand auch, dass es ihn zornig machte, als sie den Zopf schließlich in den nächsten Mülleimer warf. Dabei tat sie es nur, um die Haare vor Grobheiten zu schützen, weil sie es unerklärlicherweise pietätlos fand, diesen fremden Zopf der Willkür der Nachkommenden auszusetzen.

Auf dem Überwachungsvideo, das Ann sich Freitag Abend in ihrem Büro angesehen hatte, war erst nur das dunkle Halbrund eines Kopfes zu sehen. Sonst deutete nichts darauf hin, dass hinter dem breiten Sockel der dritten „Share Some Sweets With Me While I’m Away“-Skulptur ein Mann ohnmächtig auf dem grauen Galerieboden lag. Dann kamen zwei Mitarbeiterinnen und schließlich Ann ins Bild. Ann hatte bei ihrem Einzug insgesamt fünf Security-Kameras installiert. Eine Auflage der Versicherung.

Die Sache war am Tag nach Julies Vernissage gegen Mittag passiert. Die Galerie hatte wie üblich um elf Uhr aufgemacht. Anns Mitarbeiterinnen kamen gegen neun. Da saß Ann bereits seit einer Stunde im Büro, wobei ihr Arbeitstag gleich nach dem Aufstehen begann. Meist checkte sie am Küchentisch, während Lorenz und Oskar noch schliefen, beim ersten grünen Tee ihre Mails. Sie war ein Morgenmensch, genoss die Stille, die in der Früh herrschte und sich leichter und freundlicher anfühlte als die am Abend. Auch der Lärm, der sie auf den Straßen empfing, klang morgens heller als nach Sonnenuntergang. Außerdem hatte sie festgestellt, dass ihr Selbstvertrauen in den ersten aktiven Stunden des Tages am größten war und sie schwierige Angelegenheiten kompromissloser erledigte. Und nicht zuletzt war da die Vorbildwirkung, der Druck auf das Team, den das Wissen erzeugte, dass sie täglich als Erste da war.

Als Nathan die Galerie betreten hatte, war er zuerst ins Untergeschoß gegangen, ehe er oben wie versteinert vor einem der Kästchen stehen blieb. Das Überwachungsvideo zeigte dies genau. Als eine Mitarbeiterin mit dem Satz „Er ist umgefallen“ in ihr Büro platzte, dachte Ann erst an einen Skulpturensockel.
Ob sie schon einen Arzt gerufen hätten. Ja, hatten sie. Der Mann verletzt war. Nein, er blutete nicht. Noch atmete. Vorsichtiges Nicken. Die Praktikantin, die erst seit kurzem bei Ann arbeitete, kniete neben dem sehr elegant gekleideten Anfang Fünfzigjährigen. Sie hatte ihm Aktentasche und Schal unter den Kopf geschoben und schien darauf zu warten, dass Ann etwas tat. Die

dachte bloß, „hoffentlich kein Herzinfarkt“, weil ihr Erste-Hilfe-Kurs zu lange her war und alles, was ihr sonst einfiel, aus Filmen kam, da öffnete Nathan die Augen. In der Teeküche, die an den Office-Bereich anschloss, bat er um „juice or sugar“. Ann schenkte ihm ein Glas Orangensaft ein und schickte die Praktikantin aus dem Zimmer.

Nachdem Ann Larissa gedroht hatte, das Untergeschoß zu schließen, wenn es bei der geringen Werkanzahl bliebe, war Larissa zwei Tage vor der Eröffnung mit einer neuen Arbeit in der Galerie aufgetaucht, dem Video „Poème noctambule“, das genau genommen nur die filmische Dokumentation des gleichnamigen performativen „Walks“ war, der im Oktober des vorigen Jahres in Paris stattgefunden und für Aufregung gesorgt hatte.

„Poème noctambule“ erzählte von der nächtlichen, kollektiven Ergehung eines Stadtgedichts, das Julie verfasst hatte. Seine Verse waren nur als Route verschriftlicht, die am gemeinsamen Treffpunkt per App abgerufen werden konnte – ein Gedicht also, das nicht gelesen, sondern Schritt für Schritt in die nächtlichen Straßen von Paris geschrieben werden wollte, das sich in Bewegung und Gemeinschaft erschloss.

Julie hatte den öffentlichen Raum in den letzten Jahren immer wieder zum Austragungsort ihrer Kunst gemacht, weil die Hermetik von Galerien oder Museen sie zusehends befremdete, die Art und Weise, wie man zeitgenössischer Kunst darin begegnete, die Verhaltenskodizes, denen man sich an diesen Orten unterwarf.

Ann war für „Poème noctambule“ eigens nach Paris gereist, obwohl der Walk nicht von ihrer Galerie betreut und organisiert worden war. Sie wollte die Gelegenheit nützen, wieder einmal direkt mit Julie zu sprechen, an die Larissa sie nicht mehr heranließ. Außerdem interessierte sie diese Arbeit, was bei der berufsbedingten Routine, mit der sie täglich mit Kunst umging, nicht mehr oft vorkam.
Sie waren ungefähr dreihundert gewesen, die sich in dieser Nacht durch Paris hatten führen lassen, alle Buchstaben Linie für Linie abgegangen waren. Ann hatte die sechs Stunden mühelos durchgehalten, sich danach sogar besonders wach gefühlt und es leicht genommen, nur wieder Larissa getroffen zu haben und irgendwo in der Menge für ein kurzes „Hallo“ Julies Bruder Robert. Julie selbst hatte ihr Kommen kurzfristig abgesagt und war in New York geblieben.

Es läge an seinem niedrigen Blutdruck, dass gute Kunst diese fatale Wirkung auf ihn habe, hatte Nathan entschuldigend erklärt, sobald Ann mit ihm allein in der Teeküche zurückgeblieben war, und dass er nach einem Blackout manchmal zu viel rede. Sie möge diesbezüglich Nachsicht mit ihm haben. Während Ann ihm Saft nachgoss, richtete er seine Krawatte. Die Manschettenknöpfe, die dabei im Ärmel seines Mantels sichtbar wurden, sagten Ann, dass er zu den Sammlern gehörte, für die Geld zu banal war, um damit anzugeben, ein Typus, der ihr immer noch unheimlich war. Auch wenn Ann sich von Reichtum nicht mehr so beeindrucken ließ wie früher, gelang es ihr doch nicht, so interesselos

darauf zu reagieren wie auf lange oder kurze Haare, Brille oder nicht.
Nathan stand auf. Ob er sich ihr schon vorgestellt hätte. Amerikaner in Paris, CFO einer großen Logistikfirma, Art Collector, beruflich gerade in Wien. Auf dem Küchentisch lag noch die Zeitung vom Donnerstag. Sie enthielt das große Interview, das Bärbel mit Julie im Vorfeld der Ausstellungseröffnung geführt hatte. Die aufgeschlagenen Seiten zeigten Julie im Smoking, ohne Bluse, bloßfüßig, mit wilden Haaren und verwischter Schminke. Während Nathan Ann die Hand gab, blieb sein Blick daran hängen. Ann bot ihm die Zeitung an, doch Nathan riss bloß das Foto heraus und verstaute es in seiner Aktentasche. „It's for Zoé, my daughter ..." Vor allem ihretwegen sei er hier, fügte er schnell noch hinzu, schaute auf die Uhr und setzte sich so plötzlich wieder, dass Ann erschrak. Er werde die eine „Share Some Sweets With Me While I'm Away"-Skulptur kaufen, sofern sie noch zu haben war, müsse ihr aber zuvor unbedingt ein wenig von Zoé erzählen. Ann, erleichtert, dass er keinen weiteren Schwindelanfall hatte, setzte sich ebenfalls.

Zoé sei nicht seine leibliche Tochter, sondern die seines Lebensgefährten, aber er kenne sie seit dem Tag ihrer Geburt und habe sie aufwachsen sehen, auch wenn sie bis vor kurzem bei ihrer Mutter in London gelebt hatte. Letztes Jahr, mit dreizehn, sei sie schließlich zu ihm und ihrem Vater nach Paris gezogen, nachdem ihre Mutter geheiratet hatte und schwanger geworden war und sie sich in dieser neuen Familiensituation nicht zurecht

fand. Die familiären Verhältnisse waren zuvor schon nicht unkompliziert gewesen.
Nathan lachte.
Zoés Mutter war die vietnamesische Adoptivtochter einer deutschen Soziologin und eines britischen Historikers, die nicht zuletzt deshalb Gynäkologin geworden war, weil sie ihr eigenes Geburtsdatum nicht genau kannte. Zoés Vater, Franzose, entstammte einer konservativen, mittelständischen Unternehmerfamilie. Die Beziehung mit Zoés Mutter war seine erste und einzige heterosexuelle Affäre. Und schließlich er, Nathan selbst, Sohn eines italienisch-russischen Verlegers und einer aus Äthiopien stammenden Journalistin, der Zoés Vater in einem Fitnessclub kennengelernt hatte, als er vor vierzehn Jahren erstmals beruflich länger in Paris war, und seither mit ihm zusammenlebte.
Aber zurück zu Zoé. Und warum er ihr diese „Share Some Sweets With Me While I'm Away"-Skulptur schenkte.
Es begann mit einer Videonachricht, die Zoé mehrmals täglich erhielt. Sie zeigte einen Cumshot aus einem Gay-Porno, der mit der Frage „Tes parents?" untertitelt war. Verschickt wurde die Nachricht von einer Gruppe aus ihrer Schule.
Sie hatten erst lange geredet. Zoé hatte ihm verboten, ihre Vertrauenslehrerin zu informieren, und sie wollte auch nicht, dass ihr Vater, der gerade beruflich verreist war, von der Sache erfuhr. Als Nathan ihr vorschlug, gemeinsam an diesem performativen Walk teilzunehmen, tat er es nicht nur, um sie auf andere Gedanken zu bringen. Sondern weil er fand, dass reden allein nicht

reichte. Eine Tat mit einer Tat beantwortet werden musste.
Anfangs war Zoé von seiner Idee nicht sonderlich begeistert, googelte Julie nur, um ihm einen Gefallen zu tun. Doch schließlich zogen sie beide wie in Trance durch die Straßen von Paris. Und als er ihr am nächsten Morgen freistellte, die ersten Unterrichtsstunden zu schwänzen, um sich auszuschlafen, bestand sie darauf, dass er sie früher als sonst vor der Schule absetzte. Sie hatte sich nach dem Walk, wie sie ihm später vom Klassenzimmer aus textete, unverwundbar gefühlt.
Dass es von „Poème noctambule" auch eine filmische Arbeit gab, überraschte Nathan. Aber er konnte sie Zoé nicht schenken. Auf den von einer Drohne gemachten Aufnahmen sah man sehr genau, dass ihr Weg sie gleich zu Beginn den Boulevard Voltaire entlang am Bataclan vorbeiführte, fast zur selben Uhrzeit, zu der nur wenige Wochen später... Zoés Vertrauenslehrerin wurde bei diesem Terroranschlag schwer verletzt.

Nachdem Ann Nathans Scheck in den Bürosafe gelegt und vergeblich versucht hatte, Julie oder Larissa zu erreichen, hatte sie plötzlich Lust, Oskar zu sehen und mit ihm und Lorenz Mittagessen zu gehen, wie sie das früher oft gemacht hatten. Als Lorenz in Bezug auf die Galerie noch nicht so empfindlich gewesen war und sie mit ihm gut über ihre Arbeit hatte reden können. Doch die anderen hatten drüben bereits eine Flasche Sekt geköpft, weil es irgendwann zum Ritual geworden war, auf den ersten Verkauf im neuen Jahr anzustoßen. Ann fand das mittlerweile zwar ein wenig unfein, aber sie hatten alle eine mühsame Woche hinter sich, und da wollte sie ihrem Team die Freude nicht verderben. Obwohl ihre Sehnsucht nach Mann und Sohn nur mehr halb so groß war, kaum dass sie ein Glas getrunken hatte, verabredete sie sich mit ihnen. Was sie Hannah sagen sollte, falls Julie das für Nachmittag angesetzte Treffen platzen ließ, wusste sie nicht.

Lorenz kam zuletzt seltener in der Galerie vorbei, aber natürlich kannten ihn alle, die meisten aus Anns Team verehrten ihren schönen Hipsterhusband geradezu, mit seinen wirren, braunen Haaren, dem lässigen Vollbart und den aufwändigen Tattoos, auch weil sie gern in die Bar gegangen waren, die er noch bis vor dreieinhalb Jahren ein paar Straßen weiter betrieben hatte. F, die zu Anns wichtigsten Mitarbeiterinnen zählte, hatte während ihres Studiums bei Lorenz gekellnert.
Als Ann vor etwas mehr als einem Jahr nach einem sehr erfolgreichen Frieze-Tag in London die Nacht mit einem anderen Mann verbracht hatte, nahm F ihr das übel. Ann fand, dass Fremdgehen ihrer Ehe nicht schadete, solange sie sich dabei an ein paar Regeln hielt, nie eine zweite Nacht, nie mit jemand, den sie oder Lorenz kannten, nie so unvorsichtig, dass es Zeugen gab. Diesmal schien sie eine Mitwisserin zu haben. Denn F, die sie zur Frieze begleitet hatte, verzog seither das Gesicht, wann immer sie Lorenz erwähnte, und wich ihm aus, sooft sie ihm in der Galerie begegnete, bis Ann ihr Verhalten irgendwann nicht länger ignorieren konnte.
Sie rief F also eines Morgens zu sich, erklärte ihr, wie unentbehrlich sie ihr als Mitarbeiterin und Assistentin

über die Jahre geworden sei, dass aber gerade deshalb alle Belange, die nicht die Galerie beträfen, in ihrem Verhältnis keinen Platz hätten und sie erwarte, F benähme sich künftig wieder dementsprechend.
F schien überrascht, betroffen, wurde kurz rot, doch obwohl Ann Widerspruch erwartet hatte, verteidigte F sich nicht.
Für Ann war die Sache damit erledigt.

Lorenz war Mitte 2010 von Frankfurt nach Wien gezogen, zwei Jahre, bevor Oskar geboren wurde und drei Jahre, bevor Ann und er geheiratet hatten, aber nur wenige Wochen, nachdem er in Frankfurt alle Anteile an seinem Restaurant verkauft hatte. Bevor Lorenz seiner Leidenschaft fürs Kochen gefolgt war und schließlich in München, Rom und San Francisco gelernt hatte, war er gut ein Jahrzehnt als Asset-Manager tätig gewesen.
Lorenz war in erster Linie Anns wegen nach Wien gezogen. In zweiter, weil er Lust gehabt hatte, auf die innere Unruhe zu reagieren, die ihn alle paar Jahre überfiel. Sein Restaurant war ihm nämlich, sobald es auf den Weg gebracht war, schnell langweilig geworden. Deshalb setzte er in Wien auch mehr aufs Trinken und eröffnete in einem ehemaligen Blumenladen in der Nähe der Galerie eine improvisierte Bar mit flexiblen Öffnungszeiten, in der er, wenn ihm einmal im Monat danach war, einen seiner legendären Eintöpfe servierte. In diesem Fall kam er mittags bei Ann vorbei und besetzte ihre Teeküche, weil es bei ihm im Lokal nur eine alte Kochplatte gab. Und für Stunden füllten sich die Galerieräume dann mit einer Wolke von Gerüchen. Die

Bar wurde ein beliebter Künstlertreff, und auch Julie brachte, wenn sie in der Stadt war, manche Nacht mit Ann dort durch.
Seit Oskars Geburt war Lorenz in Karenz. Er hatte die Bar aufgegeben. Sobald Ann schwanger war, hatte sich seine Begeisterung für das Lokal verloren. Die ersten zweieinhalb Jahre lief alles gut. Bis Lorenz von einem Geschwisterchen für Oskar zu reden begann und nicht akzeptierte, dass Ann kein Kind mehr wollte. Das führte zu Spannungen, und die entluden sich immer öfter in Streit. Auch kurz vor Julies Eröffnung waren Ann und er wieder aneinandergeraten. Wegen ein paar Mails, die Ann im Schlafzimmer gelesen hatte. Lorenz hatte ihr vorgeworfen, dass sie sich mehr für ihre Galerie interessierte als für ihn, selbst im Bett.
Ann hatte gelacht. Weil sie seine Eifersucht komisch fand. Immerhin hatte er früher ständig von Dreiern mit ihren Künstlerinnen fantasiert.

Als Ann Freitag spätabends von der Galerie nachhause fuhr, schlief Lorenz schon. Ann hatte das Mittagsessen mit ihm und Oskar dann doch ausfallen lassen. Auf dem Zettel, der gut sichtbar im Vorzimmer auf ihrem Garderobenspiegel klebte, hatte Ann sich vor Tagen die Uhrzeit einer „Pressebesprechung für Julie“ notiert. Lorenz hatte auf diesem Zettel so viele Silben wegstrichen, bis nur mehr „be“ und „lie“ übrig blieben.

Oskar lag, die Hand nach seinem Vater ausgestreckt, auf Anns Seite im frisch bezogenen Doppelbett. Er atmete ruhig, aber Ann roch, während sie sich vorsichtig über ihn beugte, an den feuchten Locken in seinem Nacken noch den bösen Traum, der ihn hierher geführt hatte. Sie sah den beiden eine Weile beim Schlafen zu, ehe sie ein frisches T-Shirt aus dem Schrank nahm, ins Kinderzimmer ging und in Oskars Bett unter die Decke kroch.

An jenem Vormittag, an dem ihre Zwillingsschwester starb, hatte Ann verschlafen und ihre erste größere Prüfung an der Uni verpasst. Sie stand gerade unter der Dusche im Badezimmer der WG, in die sie in Wien gezogen war, als ihre Schwester sich mehrere hundert Kilometer entfernt auf der Wiese hinter ihrem Elternhaus ins meterhohe Gras setzte, die Flasche Psychopax leertrank, die sie unter einem doppelten Boden in ihrem Schrank versteckt hatte, und sich einen Plastiksack über den Kopf zog. Ann hatte ihre Schwester nicht noch ein letztes Mal sehen wollen, auch wenn ihre Mutter, die sie gefunden hatte, ihr versicherte, dass Amelie mit einem friedlichen Gesicht aus der Welt gegangen war. Ann wusste, dass das nicht stimmte. Warum sonst sollte ihre Mutter es nicht fertiggebracht haben, Amelie zu waschen und anzuziehen, und jemand anderen gebeten haben, ihr eine Haarlocke abzuschneiden, die sie seither, in einem Medaillon verwahrt, um den Hals trug. Amelie war gerade neunzehn geworden, als sie sich das Leben nahm. Sie hinterließ keinen Abschiedsbrief. Alles, was Ann an Geschriebenem in ihrem Zimmer fand, war der Prosaband von Ingeborg Bachmann, den sie ihr vor Jahren zum Geburtstag geschenkt hatte, aufgeschlagen auf dem gemachten Bett. Und obwohl sie und Amelie sich als Kinder so nah gewesen waren, dass sie eine eigene Sprache entwickelt hatten, die niemand sonst verstand, konnte Ann, wie sie da vor ihrem kalten Bett stand, nicht mit Bestimmtheit sagen, ob das Buch nun Botschaft oder bloß Zufall war.

Ann und Amelie trennten fünf Minuten, wobei Amelie die Erstgeborene war. Ein kleines Muttermal unterhalb ihres linken Auges war das Einzige, was sie äußerlich von Ann unterschied. Charakterlich ähnelten sie einander kaum. Amelie war hell wie die Sonne, kreativ, offen und draufgängerisch, Ann dagegen grau wie der Mond, reserviert, ängstlich und ein wenig altklug. Ann hatte verstanden, dass ihre Mutter sie deshalb gleich anzog, weil es ihr half, Amelie nicht zu sehr zu bevorzugen, und sie gab ihr recht. Sie liebte ihre Schwester auch viel mehr als sich selbst.

Ann und Amelie wuchsen in der Nähe von Klagenfurt auf und gingen stets in dieselbe Klasse. Während Ann kaum für ihre guten Leistungen gelobt wurde, lobte man Amelie für schlechte. Amelie brachte es fertig, dass man sie im „Bühnenspiel", einem Freifach, das nur die Beliebtesten der Klasse belegten, wie einen Star feierte, obwohl sie ständig ihren Text vergaß, oder beim Basketball als Erste in die Mannschaft wählte, obwohl niemand weniger Körbe schoss.

Mit dreizehn Jahren nahmen Ann und Amelie an einer einwöchigen Schulexkursion nach Wien teil und besuchten auch das Kunsthistorische Museum. Amelie war berauscht von diesem Ort. Sie schlenderte stau-

nend durch die Säle. Als die Klasse im Café in der Kuppelhalle eine Pause einlegte, stahl sie sich mit Ann heimlich in die Gemäldegalerie.
Das Bild, zu dem sie Ann führte, zeigte einen Jungen in ihrem Alter. In der rechten Hand hielt er ein Schwert, lässig wie einen Tennisschläger, die Finger seiner linken vergruben sich in die Locken eines abgeschlagenen Kopfes, den er ihnen entgegenstreckte. Sein Blick ging unbeeindruckt ins Leere. Der David von Caravaggio war ein melancholischer, unfreier Sieger.
Das Bild hatte immer noch eine besondere Wirkung auf Ann. Sie konnte ihm nur an guten Tagen gegenüberstehen, obwohl Malerei allgemein eine Kunstform war, die sie weniger berührte.

Nach dieser Exkursion wollte Amelie erst eine Zeit lang Künstlerin werden, änderte ihren Berufswunsch aber bald auf „irgendetwas in einem Museum".
Anfangs dachten alle, es wäre eine Reaktion auf die Scheidung ihrer Eltern, dachten, Amelie käme nicht damit klar, dass ihr Vater jetzt eine neue Familie hatte und nichts mehr von sich hören ließ.
Mit siebzehn wurde bei ihr eine bipolare Störung diagnostiziert, und sie verließ die Schule. Es folgten stationäre Aufenthalte. Ihr Zustand besserte sich dadurch nicht.

Dass Ann nach Wien zog und nicht in Klagenfurt studierte, war Amelies Idee gewesen. Sie hatte Ann regelrecht dazu gedrängt, sogar ihre Mutter eingespannt. Von ihr hatte Ann sich schließlich überzeugen lassen, dass sie ihrer Schwester nicht half, wenn sie blieb, weil es Amelie nicht gut tat, sie zu viel um sich zu haben und nur immer wieder damit konfrontiert zu werden, wie leicht das Leben für sie war. Außerdem hatte Amelie versprochen, bald nachzukommen. Sie hatte gemeint, dass Ann ihr keinen größeren Gefallen tun könnte, als den, jetzt schon für sie mitzustudieren. Das hatte Ann dann auch getan und sich ihr zuliebe außer für Medizin noch für Kunstgeschichte inskribiert.

Ann sammelte bereits während ihres Kunstgeschichtestudiums – für Medizin konnte sie sich nach Amelies Tod nicht mehr begeistern – erste berufliche Erfahrungen und ging nach ihrem Diplom 1997 für ein längeres Praktikum nach New York.
In Wien lernte Ann, wie normal Kunstschaffende sein konnten, dass die Diven der Szene in den Büros saßen. Der erste Galerist, für den Ann arbeitete, war jung, reich, launisch, unorganisiert und misogyn und umgab sich gerade deshalb nur mit Mitarbeiterinnen. Die Kunst, die er vertrat, war gefällig, aber sie verkaufte sich gut, und die Bezahlung war fair. In der zweiten Galerie war die Kunst sperrig, das Umfeld spannend, aber das Geld fehlte. Und damit am Ende jedes Monats auch ein Teil von Anns Gehalt. Der zweite Galerist war älter als der erste, aber ebenso unorganisiert, weniger launisch und kein Frauenhasser, sondern jemand, der auf alle herabsah, weil Verachtung doch irgendwie zur Avantgarde gehörte.
In New York wurde Ann bewusst, wie provinziell, nett und stressbefreit der Kunstbetrieb in Wien war,

wie streng die Hierarchie in einem Galerieteam sein konnte, was Selbstausbeutung wirklich hieß. Hier kam sie nicht einmal dazu, sich die gezeigte Kunst genauer anzusehen, geschweige denn, sich eine eigene Meinung über sie zu bilden, was zugegeben auch niemand von ihr erwartete, da in New York selbst die *assistents* Diven waren. Im Vorfeld der Eröffnung einer Gruppenausstellung deutscher *emerging artists* wurde Ann mit einer Berliner Galeristin bekannt, die ihr ein Jobangebot machte, das Ann sofort annahm. Die Galerie dieser Frau zählte zu den hippsten deutschen Adressen, und in Berlin, so hatte Ann gehört, waren nur die Kunstschaffenden Diven.

Umso enttäuschter war Ann, als ihre Arbeit dort nicht am Schreibtisch, sondern wieder mit Kaffeekochen begann, auch wenn es nicht in der Galerie, sondern im Atelier von G, einem in Berlin lebenden isländischen Maler geschah.

G wollte endlich eine Serie großformatiger Bilder in Angriff nehmen, auf die man in der Galerie schon lange wartete. Doch ihm war dieser besondere Katzenkaffee ausgegangen, ohne den er nicht arbeiten konnte, weil er nur mit ihm den Kopf frei bekam. Ann sollte sich darum kümmern. Die Zeit von Künstlern wie G war zu kostbar, um sie für Besorgungen, ja selbst fürs Kaffeekochen zu verschwenden.

Der Kaffee, den G zum Malen brauchte, hieß Kopi Luwak und war in einem einzigen Laden in Berlin zu bekommen. Ann musste die Rohware mit einem Scheck bezahlen, weil der Kilopreis der aus den Exkrementen von wilden Schleichkatzen gewonnenen Bohnen etwa bei der Hälfte ihres Monatsgehalts lag.

G war freundlich, als Ann bei ihm klingelte. Von dem Kaffee, den sie ihm kochte, ließ er sie trotzdem nicht kosten. Dafür war die großformatige Serie vier Tage später fertig und alle Bilder verkauft, bevor die Woche zu Ende war. Ann besorgte und kochte für G im Laufe der nächsten zwei Jahre nicht nur regelmäßig Kaffee, sondern kaufte auch Waschmaschinen und Kühlschränke für ihn, reparierte seinen Computer, strich sein Fahrrad neu, bestellte ihm Essen, buchte Flüge und weckte ihn ein paar Mal auf seinen Wunsch hin für wichtige Termine mit der Musik von „Also sprach Zarathustra". Aber sie hängte auch Ausstellungen für ihn, traf Sammler und konnte ihn irgendwann sogar dazu überreden, wieder skulptural zu arbeiten. Objekthaftes stand damals gerade sehr im Fokus, und Gs frühe dreidimensionale Werke waren bereits stark nachgefragt. Ann hatte ihrer Galeristin damit so großen Eindruck gemacht, dass diese ihr vom ersten Verkauf der später für G so wichtigen Skulpturen die Hälfte der Galerieprovision überließ, eine größere Summe. Dass Ann das Geld nahm, kündigte und nach Wien zurückging, enttäuschte sie. Es sollte fast ein Jahrzehnt dauern, bis sie wieder mit Ann sprach.

Dabei hatte Ann sich erst gar nicht verändern wollen. Sie mochte Berlin, seine Weltläufigkeit und Rohheit, und nicht zuletzt drückte der Schatten Amelies sie hier weniger schwer, ja sie hatte in dieser Stadt überhaupt zum ersten Mal seit dem Tod der Schwester das Gefühl gehabt, mehr als nur ein Stellvertreterinnenleben zu führen.

Ann war in Berlin in einer WG im Bergmannkiez untergekommen, bei einem Kartographen, über den sie später Lorenz kennenlernte, einem tschechischen Hautarzt, der an der Charité hospitierte, einer belgischen Restauratorin und ihrer schwarzweiß gestreiften Katze sowie einem Schweizer, von dem niemand so genau wusste, was er machte, außer, dass er am Monatsersten die Miete von ihnen kassierte. Die Restauratorin, die am längsten mit ihm zusammenwohnte, glaubte gehört zu haben, dass er Sänger war.
Die Reihe seltsamer Ereignisse, die Ann dazu brachten, nach Wien zurückzukehren, begann damit, dass der Hautarzt das Zimmer des Schweizers ausgeräumt vorfand, als er eines Abends nach ihm sah.
Am nächsten Morgen verschwand die Katze der Restauratorin. Und nur einen Tag später wurde Anns neues Fahrrad gestohlen.
Die Geschichte des Schweizers schloss mit einer Räumungsklage. Wie sich herausstellte, hatte er seit einem halben Jahr ihre Miete nicht mehr abgeliefert. Er war weder der Eigentümer noch der Sänger, für den sie ihn gehalten hatten.
Die Katze der Restauratorin wurde tags darauf tot in der Biomülltonne des Nachbarhauses gefunden. Eine Katze killen, wer tat denn das. Noch dazu eine so kluge, die sich selbst die Wohnungstür öffnen konnte, indem sie von einer Kommode auf die Klinke sprang. Dass sie auf ihren Streifzügen durchs Haus ihr Revier markierte, auf Blumentöpfe und Türmatten pisste, war nicht unentdeckt geblieben. Überführt werden konnten die Beschwerdeführer aber nicht.

Das Trekkingbike war Anns erste und einzige größere Anschaffung in Berlin gewesen.
Sie hatte den Dieb noch verfolgt, gesehen, wie er mit ihrem Rad auf eine Kreuzung zufuhr. Dann das Geräusch quietschender Reifen und unmittelbar darauf ein dumpfer Knall, der Ann seither wie Watte in den Ohren saß. Später erfuhr sie, dass der Dieb noch ein Junge war und seit dem Unfall in Lebensgefahr schwebte.

Ann hatte sich seinetwegen schuldig gefühlt. Als sie bald darauf in ein Flugzeug stieg und neben einem Jungen zu sitzen kam, der in einem Mountainbike-Magazin blätterte, verdarb ihr dies die Freude an der Reise. Dabei hatte sie sich auf London gefreut. Seit Wochen. Es war das erste Mal, dass ihre Galeristin sie allein zu einer Sotheby's-Auktion schickte. Sie sollte die Lose dreier Künstler beobachten und sich einschalten, falls eines zu weit unter den Erwartungen blieb. Wobei die Preise für die höchstdotierten Werke im Vorfeld mit zwei Sammlern ausgehandelt waren. Erreichte der Zuschlag eine gewisse Summe, erhielten sie über die Galerie später zusätzliche Arbeiten.
Die Auktion verlief gut. Ann musste wenig tun. Trotzdem kehrte sie in schlechter Stimmung nach Berlin zurück.

Ann hatte in der Galerie eben ein anstrengendes Telefonat beendet, da hörte sie G nach ihr rufen. „Ann, Ann!" Er hatte sich irgendwann angewöhnt, ihren Namen nur in Wiederholungen zu verwenden, was ihr nicht gefiel, weil es wie eine Warnung klang. Trotzdem sagte sie

nichts. Es war ihr Asset, dass G sie mochte. G war einer der Künstler, dessen Werke sie in London erfolgreich hatte positionieren können.
Er war um Geld vorbeigekommen. Das tat er oft, weil er sich Pin-Codes nicht merken konnte. Oder wollte. Meist kam er allein. An diesem Nachmittag begleiteten ihn ein älterer Mann und eine junge Frau, sehr groß, sehr schlank, sehr besonders, die er von einer Ausstellung in den Kunst-Werken kannte.
G hatte seine Arme um die Schultern der Frau gelegt, als Ann sich ihnen von hinten näherte. Sie erschraken, als sie laut „Hallo" sagte.
Die junge Frau drehte sich so plötzlich zu Ann um, dass ihr die Tasche von der Schulter rutschte und Zigaretten, ein kleines Reisenecessaire, ein Buch und anderer Kram sich auf dem Galerieboden verteilten. Ann bückte sich nach dem Buch, und ihre Hände begannen zu zittern. Der ältere Mann meinte: „Look at her, she's shaking. This girl is scared of books." G lachte, und der Mann nahm ihr das Buch aus der Hand. Ausgesuchte Prosa von Ingeborg Bachmann, eine Sonderedition. Genau diese Ausgabe hatte Ann einst Amelie geschenkt.

An diesem Abend trieb es Ann, weil Lorenz nicht in der Stadt war und sie unbedingt mit jemand Sex haben musste, in einem Hausflur mit einem rothaarigen Typen, den sie kurz zuvor aufgegabelt hatte und sofort nach dem Fick stehen ließ. In den ersten Monaten nach Amelies Tod hatte sie, um sich zu betäuben, ziemlich viele Hausflure kennengelernt. Aber auch Rücksitze, Tische und Klos. Während sie sich mit hochgeschobenem Rock, halb auf einem Buggy sitzend, der am Fußende einer Treppe abgestellt war, von dem Rothaarigen erst lecken ließ, bevor sie in ihrer Tasche nach einem Kondom suchte, dachte sie an G, obwohl sie wusste, dass G schwul war, und sie aus Prinzip nie etwas mit Künstlern anfing.

Ein paar Tage später erhielt sie überraschend Post von ihm. Er hatte ihr einen Fahrradboten vorbeigeschickt. Auf dem gepolsterten Umschlag klebte ein Brief. Darin entschuldigte G sich, sollten die Worte seines Freundes sie gekränkt haben, und erklärte, dass er als eine Art Wiedergutmachung die junge Frau dazu überredet habe, ihr das Buch zu überlassen.

Ann deponierte es in einer Schublade. Entsorgte es später im Altpapier. Fischte es am nächsten Tag wieder heraus.

Seither stand es, von anderen Büchern verdeckt, bei ihr zuhause unerreichbar weit oben im Regal.

-

Als Hannah ihr in einer dieser aufgeregt langen Vorbesprechungen endlich die Künstlerinnenliste von „AvantGirls“ vorlegte und sie mit Julies Arbeiten konfrontierte, wusste Ann sofort, dass sie Julie vertreten wollte. Ebenso wie sie Monate zuvor die Chance, mit Hannah zu arbeiten, ergriffen hatte, no matter what, damit ihre Galerie eine Zukunft hatte. Im Falle Hannahs hatte Ann aus Kalkül gehandelt, im Fall von Julies Kunst war es Liebe auf den ersten Blick.

Ann hatte „Zimmer, Küche, Bad in Arkadien“ im Jahr 2000 aufgemacht, nur wenige Monate, nachdem sie aus Berlin weggegangen war, in einer ehemaligen Porno-Videothek im 15. Bezirk. Diese hatte einen guten Grundriss und die Räume typischen Offspace-Charme, sobald sie entrümpelt waren. Ann montierte Leuchtröhren und strich die Wände. Sie tauschte die Sanitärkeramik. Den Rest beließ sie unverändert.

Trotzdem war eineinhalb Jahre später nicht nur das Geld aus Berlin verbraucht, sondern so ziemlich alles, was Ann sonst noch an Kapital besaß. Sie begann Schulden zu machen, erst borgte sie nur kleinere Beträge, für einen Transport, den Strom, gelegentlich die Miete, zuletzt größere, etwa für einen Messeauftritt. Der brachte dafür wieder etwas ein.

Dabei machte Ann sich mit einem stark auf Konzept- und Videokunst fokussierten Programm in Wien schnell einen Namen. „Zimmer, Küche, Bad in Arkadien" galt bereits nach zwei Jahren als cutting edge. Anns Ausstellungen waren gut besucht, und sie hatte vergleichsweise viel lokale Presse.

Lorenz hatte ihr vorgeschlagen, als stiller Teilhaber in die Galerie mit einzusteigen, als sie sich fragte, ob sich weitere Investitionen überhaupt lohnten. Denn Ann misstraute ihrem Ruf, zumal sie selbst ihr Programm eher mutlos und verwechselbar fand. Nichts, was sie je gezeigt hatte, war ihr unter die Haut gegangen. Dass es weniger befriedigend war, sich in der eigenen Galerie für jemand aufzureiben, der einen nicht restlos überzeugte, als in der Position eines *associate director*, und das war sie in Berlin zuletzt gewesen, für Kunst einzusetzen, die einen wirklich anging, hatte sie nicht erwartet.

Als sie Hannah kennenlernte, kehrte ihr Selbstvertrauen zurück. Und dann waren da die Arbeiten von Julie – das, wonach Ann zwei Jahre lang gesucht hatte, eine Künstlerin, die sie forderte und ihrer Galerie das Profil gab, das sie brauchte. Sofern Julie sich von ihr vertreten ließ. Und Ann das Budget für die Gruppenausstellung zusammenbrachte. Lorenz des Geldes wegen an Bord zu holen, daran dachte sie nicht.
Die höchsten Kosten verursachte letztlich der Transport des Pissoirs. Es war das größte Werk und hatte den weitesten Weg, da Julie 2002 bereits in New York lebte. Hannahs Honorar entsprach dem Preis der Flugtickets, die Ann für Julie und ihre Freundinnen besorgt hatte, nachdem Julie ihr erklärt hatte, dass sie nicht gern allein reiste. Den übrigen Künstlerinnen ersetzte Ann die Reisespesen nicht.

Ann hatte eine Bekannte organisiert, Julie vom Flughafen abzuholen. Mit Namensschild. Aber Julie hatte Anns Flug verschlafen, kam erst am nächsten Tag, knapp vor der Eröffnung an.
Hannah und Ann warteten in der fertig aufgebauten Ausstellung auf sie. Als Hannah kurz Zigaretten holen ging, hielt ein Taxi vor der Galerie. Eine junge Frau stieg aus. Ann ging auf sie zu, streckte ihr die Hand entgegen und erschrak. Sie erkannte in Julie die junge Frau, die G damals begleitet hatte. Und ohne Julie zu begrüßen, fragte sie: „Warum Bachmann, warum ausgerechnet dieses Buch?“
Julie verstand erst nicht. Dann fiel ihr Blick auf Anns Hände, die leicht zitterten. Und da erzählte sie, dass es

mit Paul Celan und ihrer Familiengeschichte zusammenhing, dass ihre Großmutter aus Wien stammte und sich nach dem Selbstmord ihres jüdischen Vaters jahrzehntelang geweigert hätte, Deutsch zu sprechen oder zu lesen, bis ihr schließlich ein Gedichtband von Paul Celan in die Hände fiel. Dass sie selbst sich Deutsch heimlich beigebracht habe und über Celan auf das Werk von Ingeborg Bachmann gekommen sei. Die besondere Ausgabe ihrer Erzählungen habe sie in Wien kurz nach ihrem Klassenwechsel zu K in einem Kellerantiquariat gekauft, wobei sie an diesem Buch, rein äußerlich, fasziniert habe, dass es im Gegensatz zu allen anderen, die sie dort erstanden hatte – und das waren viele –, kein bisschen nach Moder roch.

Julie hatte Ann noch etwas fragen wollen, aber da stand Hannah in der Tür.

Nachdem sie und Julie sich zur Begrüßung lange umarmt und alle drei sich erleichtert eine Zigarette angezündet hatten, stolperte Hannah, während sie Julie die Arbeit einer Kollegin vorstellte, und verstauchte sich den linken Fuß.

Noch vor Ende der Gruppenausstellung einigte Ann sich mit Julie auf die Bedingungen, unter denen Julie ihr die exklusive Vertretung für ihr Werk überließ.

Dass Julies Kunst der Schlüssel zum Erfolg ihrer Galerie war, gab Ann gern zu. Dass Julies Karriere ohne ihre Vermittlungs- und Hintergrundarbeit weit weniger steil verlaufen wäre, stand für sie aber ebenso fest. Denn Ann hatte Julies Kunst schnell zum Ankerpunkt ihres

Galerieprogramms gemacht, sie überall gezeigt, wo sie gezeigt werden wollte, selbst wenn ihr das Verluste einbrachte. Darüber hinaus war sie bemüht, ihr den Rücken freizuhalten, damit Julie so alltagslos wie möglich arbeiten und sich zu dieser Künstlerin entwickeln konnte, die nun international gefeiert wurde. Als Julie sich von ihrer Galerie zurückzuziehen begann, war dies eines der Argumente, mit denen Ann versuchte, ihren Anspruch auf Julies Loyalität zu begründen. Larissa ließ es nicht gelten.

Dabei gewöhnte Julie sich schnell daran, dass Ann für sie da war, ihr auch privat Arbeit abnahm, sich mehr und mehr um all die Angelegenheiten kümmerte, die ihr nicht wichtig genug waren. Als Ann Julie zum ersten Mal in ihrem New Yorker Atelier besuchte, blieb sie nur ein paar Stunden. Las eines ihrer Konzeptbücher, besprach den Terminplan der kommenden Wochen mit ihr, kümmerte sich um eine Materialbestellung. Bald schon war sie zwei Mal im Monat für ein paar Tage eingeflogen, nur um bei ihr aufzuräumen. Bevor Larissa in Julies Leben trat, hatte Ann ihre Wäsche in die Reinigung gebracht, ihr Bett frisch überzogen, ihren Kühlschrank aufgefüllt, für sie gekocht, die Aschenbecher geleert, an der Tür eine Affäre für sie beendet, um sie später zu einer anderen zu fahren, ja sogar Gras für sie besorgt, damit sie von einer Party schneller herunterkam und leichter einschlief. Letzteres hatte Ann nur widerwillig getan. Sie hatte für G ein paar Mal Kokskurier gespielt und sich damals geschworen, nie wieder so tief zu sinken.

Was ihr Verhältnis zu Julie von dem zu G unterschied? Die Restauratorin, die sie noch aus ihrer Berliner Zeit kannte, hatte sie das vor Jahren einmal gefragt. Ihre Antwort überraschte sie in ihrer Klarheit selbst. Dass Julie kein Mann und keine dreizehn Jahre älter war als sie und sie keine Mitarbeiterin mehr, sondern Galeristin, *ihre* Galeristin, also jemand, dessen Licht mit Julies aufging, dessen Ruhm an ihrem hing, jemand, der, je mehr Julie arbeitete, umso besser verdiente.

Einerseits. Andererseits. War Julie eben Julie. Ann mochte sie, mochte es, an ihrem Leben teilzuhaben, mochte das Gefühl, ihr unentbehrlich zu sein, die Sicherheit, die ihr diese Nähe gab, weil im Verhältnis einer Galeristin zu ihrer Künstlerin die Künstlerin, solange es gut lief, am längeren Ast saß.

Dass ihre Rolle im Leben Julies mütterliche Züge angenommen hätte, wie ein Kollege einmal behauptete, sah Ann nicht. Zumal sie kaum drei Jahre älter war als Julie. Dass ihre Fürsorge einseitig war, Julie nur wenig von ihrem Leben wusste und kein Interesse erkennen ließ, daran etwas zu ändern, stimmte aber schon. Die Nächte, die Julie mit ihr in Lorenz' Bar durchgemacht hatte, waren die einzigen Treffen, bei denen Julie sich privat auf Anns Boden bewegt hatte. Weiter war sie nie gekommen. Nicht weil Ann sie nicht gefragt hätte. Julie hatte ihre Einladungen nie angenommen. Im Nachhinein war Ann das zwar meist sogar recht gewesen, weil da, wo Julie war, für andere nur wenig Raum blieb. Und auch andere Raum brauchten. Ebenso wie sie selbst. Insbesondere zuhause. Aber zunächst kränkte es sie.

Einerseits. Andererseits.

Als Julie überraschend auf der Namensfeier auftauchte, die sie und Lorenz für Oskar gaben, interessierte sich,

solange Julie da war, niemand für ihren Sohn. Julie strahlte einfach zu sehr. So hilfreich das für Ann als Galeristin war und so spannend es die Zeit mit ihr machte, an diesem Nachmittag hielt es Ann nur schwer aus.
Nichtsdestotrotz lud sie Julie Monate später zu ihrer Hochzeit ein. Da ließ Julie sich entschuldigen.
Ann hatte erwartet, ohne sie an diesem besonderen Tag glücklicher zu sein, doch Julies Abwesenheit verdarb ihn ihr. Das lag wahrscheinlich auch an Larissa. Denn Larissa änderte alles. Sie drängte Ann erst aus Julies Leben. Dann stellte sie sich vor Julies Kunst. Und nahm ihr beides.
You know what, fuck you and your gallery. Larissa war der Ansicht, dass Julie ihre Zukunft bei ihr verschwendete, und es ärgerte sie, dass sich jemand mit Shows quer über den Globus exklusiv immer noch von einer mittelmäßigen Galeristin aus Wien ausnehmen ließ.

Als Julies Erfolg finanziell greifbar wurde, schlug Ann ihr vor, weil auch Geld für Julie zu den Dingen gehörte, die sie nicht wichtig nahm, ihr doch besser ab sofort monatlich einen fixen Betrag zu überweisen, der knapp unter dem Mittelwert ihrer jährlichen Umsätze lag, und nicht länger volle Verkaufssummen auszuzahlen, die umso schneller verschwanden, je höher sie ausfielen. Julie akzeptierte diese Regelung und kümmerte sich weiter um nichts. Ließ sich von Ann weder Rechnungen noch genaue Aufstellungen vorlegen. Sie vertraute ihr. Larissa vertraute ihr nicht. Aber wer war Larissa schon. Dachte Ann. Und wies ihre Anfragen zu teils lange zurückliegenden Verkäufen von Mal zu Mal wütender

zurück. Zuletzt mit einer Bemerkung, in der die Worte Yoga und Intelligenz vorkamen.
Ein halbes Jahr später war Julie in einer großen Galerie in Los Angeles gelistet, ohne dass Ann von ihr über diese Zusammenarbeit informiert worden war.

Dabei war Ann erleichtert gewesen, als Larissa damals in Julies Kreis erschien und die Organisation ihres Alltags an sich riss, die für sie schließlich doch zum Problem geworden war. Auch weil Julie nicht akzeptierte, dass Ann sich einmal von einer Mitarbeiterin vertreten ließ, die sie nur ihretwegen eingestellt hatte. Sie sah in Larissa deshalb erst eine Verbündete. Denn Larissa war tough. Verlässlich. Ein bisschen wie sie selbst. Und Julie arbeitete mehr und besser, seit sie da war.
So bemerkte Ann nicht, wollte es vielleicht nicht bemerken, wie selten sie, seit sie nicht mehr regelmäßig nach New York flog, noch direkt mit Julie sprach, und dachte auch nach den ersten kleineren Konflikten mit Larissa noch, Julie stimmte alle wesentlichen Entscheidungen weiter mit ihr ab. Es kam ihr nicht in den Sinn, dass Julie ihre Galerie und das, was sie in eineinhalb Jahrzehnten gemeinsam aufgebaut hatten, einfach so beiseite schieben könnte. Oder zulassen, dass Larissa es tat.
Als Julie sie persönlich zur Vernissage nach Los Angeles einlud, änderte dies nichts daran, dass Ann in ihre Pläne nicht mehr eingebunden war.

Julie hatte neben Ann immer schon mit anderen Galerien gearbeitet, aber der Ort, an dem früher alle Fäden zusammenliefen, Projekte sortiert, besprochen und begleitet wurden, war Anns Büro, erst das kleine fensterlose im 15. und später das helle, minimalistische im 6. Bezirk. Ann gehörte in dieser Zeit auch stets der Hauptanteil an Julies Arbeiten.

Natürlich hatte Ann sich nie Illusionen gemacht, dass, wie sehr ihre Galerie sich auch etablieren mochte, sie zur Liga von Gagosian, Hauser & Wirth, Zwirner, Perrotin, Pace, Goodman, Gladstone und Deitch nie würde aufschließen können, diesen Namen, hinter denen mehr Kapital und Marktmacht standen als hinter allen anderen Galerien der Welt zusammengenommen. Zugleich war Ann überzeugt, dass Julies Werk irgendwann nur mehr dahin gehören konnte. Dass beides nicht für immer gut zusammenging, wurde ihr zuletzt schmerzlich klar.

Die Galerie in L.A. sorgte zunächst dafür, dass die Preise von Julies Arbeiten in die Höhe schossen. Ann hatte in Folge Mühe, in ihrem Umfeld Sammler zu finden, die da noch mithalten konnten. Ihre Verkäufe stagnierten zusehends. In den USA waren Julies Werke hingegen gefragter denn je, auch anderswo in Europa gab es Wartelisten. Deshalb verstand es sich von selbst, dass Julie Ann immer weniger Arbeiten überließ. Und für ihre Galerie immer seltener Zeit blieb.

Auch um die Einzelausstellung, die am Donnerstag eröffnet worden war, hatte Ann kämpfen müssen. Obwohl sie Larissa angeboten hatte, die Kommissionsfrist zu verkürzen und alle unverkauften Arbeiten nach Ende der Show sofort wieder freizugeben.

Larissa hatte erst zugestimmt, als Ann ihr von einer Idee Hannahs erzählt hatte, die eigentlich ihre Idee war.

Seit über einem Jahr bemühte Ann sich um ein Projekt, das Julie wieder enger an Wien und ihre Galerie binden sollte. 2017 würde Julie vierzig. Idealer Anlass für ihre erste umfassende Retrospektive, eine museumfüllende Schau im MUMOK.

Es war Dienstag kurz nach zehn, als Ann, Oskar auf dem Arm, die Galerie betrat und noch im Mantel nach der Praktikantin rief. Ann kam gern in die Galerie, bedauerte zuweilen, dass sie fast jede Woche verreiste. Dafür wurde sie, wenn sie zurückkehrte, noch manchmal von Stolz überrascht, der wie ein Motor wirkte.

An diesem Vormittag war sie allerdings bloß genervt. Die Ruhe ihres Teams, das wie immer kurz von den Bildschirmen aufsah, wenn sie den Raum betrat, reizte sie, weil sie selbst noch nicht zum Arbeiten gekommen war, keine Zeit gehabt hatte, sich auf das Meeting mit Julie vorzubereiten.

Sie stellte Oskar auf die Füße. F kam ihr entgegen. „Hallo Oskar, was machst denn du hier?“ Sie beugte sich zu ihm. Oskar wich vor ihr zurück, hielt sich an Anns Bein fest, dabei kannte er F ganz gut.

„Lorenz ist krank, und ich habe für heute Vormittag niemand für ihn gefunden“, sagte Ann und strich ihrem Sohn übers Haar.

„Was hat er denn, hoffentlich nichts Schlimmes?“

„Nur ein grippaler Infekt.“

Ann sah sich ungeduldig nach der Praktikantin um, einer ehrgeizigen Studentin Anfang zwanzig, die sich

von niemandem außer ihr etwas sagen ließ, entdeckte sie bei der Garderobe und winkte sie zu sich.
„Verzeihen Sie die Zigarette vorhin, ich hatte darauf vergessen, dass Sie…“
Ann mochte es nicht, wenn ihre Mitarbeiterinnen rauchend vor der Galerie standen. Sie sollten das, wenn schon, im Hof tun.
„Schon gut… Dafür darf ich Sie im Gegenzug um etwas bitten. Ich weiß, dass dies nicht zu den Dingen gehört, die Sie hier lernen wollen, aber das ist heute gewissermaßen ein Notfall.“
Die Praktikantin sah Ann erwartungsvoll an.
„Könnten Sie sich bis Mittag um meinen Sohn kümmern? Ich habe in etwa einer halben Stunde einen wichtigen Termin und kann sonst gerade niemand entbehren. Sie würden mir da wirklich einen Gefallen tun!“
Anns Smartphone summte. Sie warf einen Blick aufs Display, schüttelte den Kopf und verschwand, gefolgt von Oskar und F, in ihrem Büro.

Dieses lag abgetrennt vom Office-Bereich ihrer Mitarbeiterinnen im linken hinteren Teil der Galerie. Ein größerer, in Weiß- und hellen Beigetönen gehaltener Raum, den ein eigens für Ann entworfener L-förmiger Tisch dominierte. Er verband Arbeits- und Besprechungsplatz. Ein hohes Bücherregal, daneben eine aus zwei lehnenlosen Sofabänken bestehende Sitzecke. Das einzige Kunstwerk, ein gerahmtes Foto. Es zeigte die letzten Minuten von Julies „Kaviar Massaker“-Performance in ihrer ehemaligen Galerie im 15. Bezirk.

Ann warf ihren Mantel über einen Stuhl. Oskar zog sich die Mütze vom Kopf.

„So, mein kleiner Schatz, ich muss jetzt ein paar Dinge erledigen, die für dich ganz bestimmt langweilig sind. Du könntest solange ein bisschen lesen. Weißt du noch, welche Bücher und Sachen du heute Morgen eingepackt hast?“ Sämtliche Blicke trafen sich kurz in Oskars hellem Kindergesicht. Der überlegte. „Ich will Lego spielen!“ Die Praktikantin, die Ann nur zögerlich nachgekommen war, nahm ihn an der Hand und ging mit ihm wieder nach drüben.

„Sie schaffen das schon, und wenn Sie nicht weiter wissen, rufen Sie mich. Jedenfalls danke, dass Sie ihn übernehmen!“ Ann setzte sich, ein erstes Mail auf ihrem Smartphone beantwortend, an ihren Schreibtisch. F schloss die Tür.

„Julie wird später vorbeischauen, ich habe sie gestern noch erreicht.“

„Weißt du, was mit ihr los war?“

„Ich weiß gar nichts“, sagte Ann und machte den Computer an. „Könntest du Larissa, falls sie Julie begleitet – und das tut sie bestimmt – draußen bei dir festhalten, ich muss unbedingt allein mit Julie reden und darf Larissa gegenüber nicht grob werden. Bekommst du das hin?“

„Ich werde mir schon was einfallen lassen. Übrigens toller Haarschnitt, wollte ich auch schon immer mal, diesen radikalen Pony.“

„Danke, war so allerdings gar nicht geplant... Wie ist es bei dir gelaufen?“ F hatte das Wochenende in Berlin verbracht, am Freitag zwei Sammler besucht und später G getroffen, weil Ann, deren Kontakt zu G neu erblüht

war, demnächst eine Ausstellung mit ihm plante. Noch bevor F antworten konnte, klopfte es. In der Tür stand die Nachfolgerin jener Mitarbeiterin, die Ann nur Julies wegen eingestellt hatte. Sie hatte sie letztes Jahr feuern müssen, nachdem sie eine Kuratorin beleidigt hatte.
„Nathan ... – ich kann mir seinen Nachnamen einfach nicht merken – fragt, ob er die Leyroux kennenlernen kann, er hätte am späten Nachmittag Zeit. Was soll ich ihm sagen, ist sie überhaupt noch in der Stadt?"
„Ja, aber nur kurz ... und nein, das macht Julie nicht, Sammler treffen", Ann wandte sich wieder an F. „Davon weißt du ja noch gar nichts, Nathan ist der ... oder hast du es schon gehört ... die Sache mit dem Notarzt ..."
F nickte.
„Es wäre mir übrigens recht, wenn ihr der Leyroux und Larissa nichts von diesem Vorfall erzählt", meinte Ann, „ich habe kein gutes Gefühl."
Die Mitarbeiterin machte ein paar Schritte auf Anns Tisch zu. „Und dann haben da noch die von der ‚Garage' wegen morgen angefragt."
„Welcher Garage?"
„Sie wissen schon, dieses Sammler-, Sammlerinnenkollektiv aus Belgien ... Ob uns gegen 14 Uhr passt."
Ann hob ungeduldig den Kopf. „Von mir aus geht das in Ordnung." Sie klopfte mit der Hand auf den Tisch. „So, meine Lieben, ich muss mich jetzt wirklich vorbereiten. Bringt mir eine von euch noch eine Tasse Tee? Und gebt mir Bescheid, sobald Julie da ist. Und bitte die Tür zu!"
„Ich sage Nathan also, dass er die Leyroux nicht kennenlernen kann ..."

„Das sagen Sie natürlich nicht! Sie sagen, dass sie schon abgereist ist."
„Dann bringe ich Ihnen noch den Tee." Die Mitarbeiterin verließ mit F das Büro, als Oskar an ihnen vorbeiflitzte. Es machte ihm keinen Spaß, mit der Praktikantin zu spielen, obwohl diese sich sehr um ihn bemühte. Er blieb vor Anns Tisch stehen.
„Oskar, mein Schatz, geht's dir gut?"
„Ich will nachhause!"
„Bald ..."
„Nein, jetzt!" Oskar sah seine Mutter mit zusammengekniffenen Lippen an.
„Gefällt's dir hier nicht?"
„Nein!"
„Aber es sind doch alle lieb zu dir."
„Nein ... Warum kann ich nicht zu Papa?"
„Papa ist krank, und ich muss noch ein bisschen arbeiten. Was möchtest du so lange tun? Du könntest etwas zeichnen." Oskar schüttelte den Kopf. „Oder ausnahmsweise auf meinem Tablet einen Film ansehen?" Oskar wollte nicht.
Da sagte die Praktikantin: „Ich könnte mit ihm ins ‚Zoom' gehen, das Kindermuseum."
„Gute Idee", erwiderte Ann. Und zu Oskar: „Hast du Lust, ein bisschen spazieren zu gehen?" Oskar nickte. „Passen Sie nur auf, dass er draußen die Mütze aufbehält – ein kranker Mann in der Familie ist genug!"

Ann hatte sich gerade wieder an ihren Schreibtisch gesetzt und ein paar der Notizen durchgesehen, die sie sich während ihres letzten Treffens mit Hannah gemacht hatte, da hörte sie, wie Oskar sich drüben weigerte, seine Jacke anzuziehen, „Geh weg" schimpfte und „Lass mich in Ruhe". Nach Ann rief. Schließlich begann er zu weinen. Und so sehr Ann ihre Praktikantin gerade noch bedauert hatte, weil sie nichts dafür konnte, dass Oskar sie nicht mochte, so genervt war sie plötzlich von ihr. Sie stand auf, öffnete die Tür. Oskar lief auf sie zu. Ann hob ihn hoch und wischte ihm eine Träne aus dem Gesicht. Erklärte ihm, dass es im „Zoom" viele Kinder gab, die gerne mit ihm spielen würden, und brachte ihn der Praktikantin zurück. Die schaute aus dem Fenster, als überlegte sie zu gehen.

„Da ist Larissa..." Die Praktikantin zeigte auf eine Frau, die gerade die Straße überquerte.

Ann war erleichtert, dass Larissa kam, und zugleich beunruhigt, denn sie war allein.

Es war ein kalter Vormittag. Der böige Wind, der sich mit Larissa in die Galerie drängte, ließ Ann leicht frösteln. Larissa hingegen schien seltsam erhitzt. Hatte rote Wangen. Die Jacke war ihr über die Schulter gerutscht. Auf Anns suchenden, leicht enttäuschten Blick antwortete sie: „Don't worry, Julie will be here soon."

Ann machte einen Schritt auf sie zu und entdeckte, dass Larissas Augen voller Tränen standen. Dachte, „Was ist nur heute mit euch allen los", fragte noch „Why are you crying?". Da stürzte Larissa auf sie zu und vergrub ihr Gesicht in den Falten ihrer Bluse. Klammerte sich an sie. Schluchzte. Ann sah zu F hinüber. Die schüttelte ratlos den Kopf.

„What's the matter? What happened?“ Ann hatte Larissa noch nie weinen sehen, und nie zuvor hatte Larissa sie umarmt. Dass etwas Schlimmes passiert sein musste, war klar. Auch dass es nicht die Galerie betraf. Hatte Julie sich etwa von ihr getrennt?
Oskar staunte Larissa an, seit sie durch die Tür gekommen war, folgte jeder ihrer Bewegungen, als wären sie die einer Zauberin, er schien geradezu hypnotisiert von ihr. Das lag bestimmt an der Frisur, dem markanten Undercut, der ihre kleinen, gepiercten Ohren frei ließ, und der graublauen Farbe ihrer Haare. Andererseits fand Oskar sie wohl auch beeindruckend, weil er verstand, was sie tat. Wie er lief sie zu seiner Mutter, wenn sie etwas ärgerte oder ängstigte, und weinte sich bei ihr aus. Um sich mit ihr zu verbünden oder im unbestimmten Wunsch, sie zu trösten, stellte er sich neben sie, zog an ihrer Jacke und fragte vor Ungeduld fast stotternd: „Spielen wir fangen?“
Larissa hob den Kopf. „What did he say?“
Doch Oskar war schon losgelaufen, und das erklärte alles. Ann rief ihn zurück. Die Praktikantin wollte ihm nach. Larissa rieb sich die Augen, warf ihre Jacke hin und jagte Oskar quer durch die Ausstellung. Sooft sie unerwartet beschleunigte, kreischte er vor Aufregung und Vergnügen. Zuletzt stolperte er und rannte gegen einen Skulpturensockel, der kurz in Bewegung geriet. Aber ehe Ann eingreifen konnte, hatte Larissa Oskar gefangen. Während er sich glücklich von ihr halten und drücken ließ, ging die Tür auf. Julie.
Larissa erstarrte, ließ Oskar sofort los. Da war eine seltsame Spannung zwischen ihnen.

Wenn Julie einen Raum betrat, geschah für gewöhnlich das Gegenteil. Sie brachte Lärm und Bewegung, eine Lebendigkeit, die nie ohne Wirkung blieb. Wohin Julie auch kam, sie verschob etwas im Beziehungsgefüge aller Anwesenden, nein, berichtigte es. In Julies Nähe fand man schneller seinen Platz. Und fühlte sich besser, da, wo man war.
Ann war nun sicher, dass Julie sich von Larissa getrennt hatte.
Oskar kümmerte sich nicht um Julie. Auch Ann interessierte ihn nicht. Er wollte Larissa wiederhaben, die ihn nicht mehr beachtete. Um sie von Julie loszureißen, hob er Larissas Jacke auf, brachte sie ihr und bat: „Komm doch mit ins ‚Zoom'!"
„I am going to the children's museum with him. He asked if you would like to join us", beeilte sich die Praktikantin zu erklären.
Larissa schüttelte den Kopf. Aber Julie nickte. Und Ann sagte, nicht zuletzt aus eigenem Interesse: „It's really close."
Aber Larissa wollte bleiben. Bis Julie ihr etwas ins Ohr flüsterte. Da gab sie nach, küsste Julie, wandte sich an Oskar: „Ok, let's go!" Sie verließ mit ihm und der Praktikantin die Galerie.

Ann ging auf Julie zu, um sie wie sonst auch mit zwei „bises" zu begrüßen, diesen Luftküssen, bei denen man sich mehr beschnupperte als berührte. Ein Moment, den Ann genoss, obwohl sie sonst nicht der Typ war, der anderen gerne nahe kam. Doch Julie wich ihr aus. Im Büro nahm ihr Ann den Mantel ab und legte ihn über die Sessellehne, über der auch ihrer hing. Den Schal und die dünne Strickhaube, unter der ihre Haare ganz verschwanden, behielt Julie an. Sie trug an diesem Vormittag ein enges dunkles Sweatshirt, helle Jeans und halbhohe Stiefel.

Ann fand, sie sah erschöpft aus.

„Ich kann doch rauchen?!" Julie setzte sich auf ein Sofa und legte Zigaretten und Feuerzeug auf den Couchtisch. Ann wollte widersprechen, aber da kam F ins Zimmer. Sie brachte Julie die übliche Tasse Kaffee. Ann erinnerte sie an ihren Tee und setzte sich dann vorne auf die Kante ihres Schreibtisches. Sie hatte sich vorgenommen, erst etwas Versöhnliches zu sagen und keineswegs enttäuscht zu klingen, und war deshalb von der Heftigkeit, mit der die Frage „Wo bist du denn gewesen?" stattdessen aus ihr herausbrach, selbst überrascht.

Aber Julie sah sie nur unbewegt an.

„Was ist passiert?"

Julie schwieg.

„Warum hast du dich nicht gemeldet? Nicht wenigstens abgesagt?"

Julie hob einen von Anns Notizzetteln auf, der auf dem Teppich lag, las ihn, zerknüllte ihn und tippte etwas Zigarettenasche an der Untertasse ab.

„Verdammt, Julie ..." Ann stand auf. „Was ist denn los? So rede doch mit mir!"

Julie antwortete nicht.

„Hat dich etwas geärgert, irgendwer gekränkt?"

Julie zog an ihrer Zigarette.

„Ist es wegen Larissa? Habt ihr euch gestritten?"

„Arrête, Ann ...", unterbrach Julie sie endlich.

Und da, Ann wusste selbst nicht, woher es kam und warum Oskar sich plötzlich in ihre Gedanken schob, sagte sie: „Larissa ist schwanger."
Julie sah überrascht auf.
„Es stimmt also?"
Sie nickte.
„Und ... freust du dich?"
„Nein, nicht besonders."
„Was wirst du jetzt tun?"
„Was kann ich schon tun? Sie heiraten ..." Julie dämpfte ihre Zigarette aus.
Ann dachte an ein älteres Interview, in dem Julie, angesprochen auf die Ehe für alle, erklärt hatte, dass sie nichts von diesem „bürgerlich-heteronormativen Ritual sexueller Einhausung" hielt, und an die teils wütenden Reaktionen, die das ausgelöst hatte. Und so schon wieder halb der Arbeit zugewandt, fragte sie: „Hast du es bekommen?"
„Was?"
„Den Artikel von Bärbel, dein Interview ..."
Julie schüttelte den Kopf.
„Jahrelang hat diese Journalistin gegen mich angeschrieben, hat alles niedergemacht, was ich ausgestellt habe. Plötzlich liegt sie mir deinetwegen tagelang in den Ohren, und obwohl du sie ein paar Mal versetzt, schenkt sie dir diese Kritik. Du hast sie wirklich noch nicht gelesen?"
„Du weißt doch, das tue ich nie, Texte über mich lesen."
„Bärbel hat dich beim Dinner übrigens sehr vermisst, wir alle haben das ... Es sind ein paar wichtige Sammler da gewesen. Ich weiß, das kümmert dich nicht beson-

ders, aber mir hat es leid getan, dass du sie nicht getroffen hast."
„Du meinst, dass sie mich nicht getroffen haben!", erwiderte Julie ungeduldig. „Warum setzt du diese Essen an, ohne mich zu fragen? Und wichtig – wer ist das schon?" Sie schob den Ärmel ihres Pullis ein wenig hoch.
„Seit wann trägst du eine Uhr?"
„Eine ... what is the German word ... nurse ... hat sie mir vorgestern geschenkt. Entschuldige Ann, aber warum bin ich hier? Du hast am Telefon gesagt, es sei dringend?!"
Ann hatte daraufhin eigentlich „Welche nurse?" und „Mit Larissa und dem Baby alles in Ordnung?" fragen wollen. Stattdessen sagte sie: „Ihr fliegt heute noch nach New York?"
„Nein, Paris."
Und fügte gleich darauf hinzu: „Du hast am Freitag den Termin mit Hannah platzen lassen. Es gibt da ein paar Punkte, die wir unbedingt klären müssen, auch wenn Hannah heute leider nicht hier sein kann. Sie lässt dich übrigens lieb grüßen ..."
„Sorry, aber worum geht es?"
„Die Retrospektive natürlich."
„Welche Retrospektive?"
„Deine Ausstellung im MUMOK."
„Im MUMOK?"
Ann wurde rot vor Enttäuschung. „Nächsten Herbst! Seit über einem Jahr arbeite ich mit Hannah nun schon daran, du kannst dieses Projekt nicht einfach vergessen haben."

„Nein, das Wort ‚Retrospektive‘ kam nur etwas unerwartet...“
„Ich hatte mich unlängst mit Larissa darauf verständigt, was stört dich daran?“
„Genau genommen alles, aber am meisten, dass es so etwas Finales hat.“
Ann war erleichtert. „Ich würde darauf gern später zurückkommen. Es gibt da zunächst ein paar Fragen“, und weil Julie nicht reagierte: „Wir können das natürlich noch ändern.“
„Schon gut... Im Grunde ist das alles auch ganz egal.“
„Ich verstehe nicht...“ Ann starrte auf das Feuerzeug, mit dem Julie spielte, ihre Finger, die sie direkt über die stehende Flamme hielt.
„Ich habe mich entschieden, aufzuhören.“ Die Flamme erlosch.
„Wie ... womit?“
„Es wird keine Retrospektive geben. Es wird überhaupt keine Ausstellungen mehr geben. Ich mache Schluss mit der Kunst.“
„Das ist nicht ernst gemeint?“
„Doch.“ Julie sagte das sehr ruhig, da war kein Anflug von Ironie.
„Warum?“
„Weil ich nicht mehr arbeiten kann...und nicht mehr will.“
„Was soll das heißen?“
„Dass ich ab sofort nichts mehr mache. Ich bin fertig mit der Kunst.“ Julie zündete eine Zigarette an. Die Finger ihrer linken Hand glühten rot.
„Und was hast du dann vor?“

„Nichts."
Ann überlegte. Meinte dann versöhnlicher: „Vielleicht hast du ja recht, und du brauchst einfach mal etwas Abstand. Nimm dir eine Auszeit, und dann ... Wir reden mit Hannah."
„Es geht nicht um eine Auszeit. Was ist das überhaupt für ein widersinniges Wort? Als ob man in die Zeit aus- und einsteigen könnte wie in einen Zug..."
„Nenn es, wie du willst."
„Ich will es nicht benennen. Ich will ab sofort keine Künstlerin mehr sein, und ich will nicht mehr ausstellen."
„Das glaube ich dir nicht! Du bist überarbeitet, ausgebrannt... in einer Krise... Aber Krisen sind immer auch eine Chance. Und du, du gehst bestimmt gestärkt daraus hervor, und dann wäre es doch schade, wenn..."
„Nein, Ann, ich will nicht mehr. Ende. Aus." Julie war laut geworden.
„Du wirst die Ausstellung im MUMOK also absagen?"
„Ja, genau das werde ich tun. Ich werde sie absagen wie alle anderen Ausstellungen auch."
„Das geht nicht! Das ist viel zu kurzfristig. Wie stellst du dir das vor? Außerdem bespricht Hannah gerade eine Kooperation mit einem anderen Haus. Es gibt insgesamt großes Interesse – ich wollte dir davon eigentlich noch nichts erzählen."
„Es tut mir leid, aber das ändert nichts."
Ann riss die Ecke einer Rechnung ab, die auf dem Schreibtisch lag, um sich etwas zu notieren. „Wer weiß sonst noch davon? Hast du außer mir schon jemand informiert?"

Julie antwortete nicht.
„Ich will nur wissen, ob es an mir liegt, oder an der Galerie. Falls du nicht länger mit uns arbeiten willst… trenn dich von uns, aber mach diese Retrospektive!“
„Mein Entschluss hat nichts mit dir oder deiner Galerie zu tun. Ich hatte in den letzten Tagen viel Zeit, darüber nachzudenken ... was das ist, was ich tue ... und warum es plötzlich keinen Sinn mehr macht.“
„Wovon redest du?“
„Besser kann ich es dir nicht erklären, nicht heute…“
„Du musst es Hannah selbst sagen, ich will das nicht für dich tun.“ Ann sah aus dem Fenster.
„Schon klar.“ Julie dämpfte ihre halb abgebrannte Zigarette aus. „Und dann ist da noch etwas… Ich will, dass du alle Arbeiten aus dieser Ausstellung verschenkst.“
„Das kannst du nicht verlangen!“
„Es sind immer noch meine Arbeiten.“
„Aber es ist meine Galerie… Und ich habe deinetwegen Ausgaben gehabt. Außerdem habe ich bereits eine Skulptur verkauft.“
„Dann gib das Geld zurück!“
„Das werde ich nicht tun“, erklärte Ann wütend, „du hörst ja gar nicht auf, du fängst doch gerade erst an!“ Sie schlug auf den Tisch.
Julie wurde plötzlich sehr blass und stützte sich mit beiden Händen auf dem Sofa ab.
„Was hast du denn?“, fragte Ann besorgt.
„Nichts, ich bin nur müde…“
„Hast du heute schon etwas gegessen?“
Julie schüttelte den Kopf.
„Warum sagst du nichts? Warte, ich hol dir was…“

Ann stand auf. Die Stimmung zwischen ihnen fühlte sich jetzt an wie früher.

Der Kühlschrank in der Teeküche war bis auf ein Fruchtjoghurt, einen Apfel und ein Supermarkt-Sandwich, von dem Ann nicht wusste, wem es gehörte, leer. Sie legte alles auf ein Tablett, suchte noch schnell nach einem Löffel, da kam F in die Küche. Sie hatte den Anwalt wegen dieser Lizenzsache am Telefon. Ann wollte das Gespräch nicht annehmen, aber weil F meinte, er hätte es zuvor schon ein paar Mal versucht und wäre in den nächsten Tagen nur schwer erreichbar, stimmte sie schließlich zu. F nahm ihr das Tablett ab. „Für die Leyroux?" Ann nickte.

Bei dem Anruf ging es um die Aufführungs- bzw. Verwertungsrechte einer Performance, die Anns Galerie vor einem Jahr bei einem Künstler kommissioniert und unlängst sowohl an ein Museum als auch eine private Sammlerin verkauft hatte. Die Kommerzialisierung von Performances war für Ann Neuland, und so wichtig diese Verkäufe für ihre Galerie waren und so sehr sie sich prinzipiell für juristische Detailfragen interessierte, so konnte sie sich in dieser Situation doch nur schwer auf die sonore Stimme ihres Anwalts konzentrieren.

Als sie nach Ende des Telefonats ihr Büro mit dem Satz „Es tut mir leid, dass es so lange gedauert hat" betrat, fand sie Julie und F übereinander auf der Couch, mit hochgeschobenen Pullis, Julies Hand unter Fs Rock. Früher, in Julies Atelier, war Ann manchmal als Voyeu-

rin geblieben. Meist war sie gegangen. Julie ficken zu sehen, hatte sie zu sehr abgelenkt, zu lange jeden Gedanken an sie überlagert. Das aber war *ihre* Galerie. Ärgerlich folgte Ann Fs Hand, die von Julies Brüsten zu ihrem Nabel wanderte, bis sie schließlich in den Jeans verschwand, rutschte mit Julies Lippen von Fs Mund den Hals entlang zu ihren Nippeln, die hart und dunkel waren und feucht glänzten. Doch als F sich plötzlich von Julie löste, Ann auf die Couch zog, ihr die Bluse aus der Hose riss und den BH zur Seite schob, lehnte Ann sich fast ungeduldig in Fs Arm. Schloss die Augen. Als sie sie wieder öffnete, stand Julie angezogen am Fenster, und Ann verstand, sie war nie mit eingestiegen.
Sie stieß F von sich und ging zu ihrem Schreibtisch. F richtete sich Strumpfhose und Rock. Dann stürmte sie aus dem Büro.

Julie streckte sich wieder auf dem Sofa aus und griff nach dem Apfel, der auf dem Tablett lag. Das Sandwich hatte sie nicht angerührt, vom Joghurt gerade ein paar Löffel gegessen. Aus den Umschlägen des Schals hatten sich kurze Haarsträhnen gelöst. Ann beunruhigte das, doch wusste sie nicht, wie sie es Julie gegenüber ansprechen sollte.
Julie biss in den Apfel. „Warum hast du mich damals auf diesem Flug geküsst?“
„Was?“
„Auf dem letzten Flug von Los Angeles nach New York. Es war das einzige Mal, dass wir beide nebeneinander im Flugzeug gesessen sind.“
„Ich weiß es nicht…“

„Du dachtest doch, wir stürzen ab."
„Ja, vielleicht..." Ann wischte ein Haar vom Tisch. „Was spielt das jetzt für eine Rolle?"
„Sag es mir!"
„Was?"
„Warum du es getan hast."
Ann zögerte. „Es war wegen eines Traums."
„Wovon hast du geträumt?"
„Warum interessiert dich das? Es ist fast zwei Jahre her."
„Ich bin sicher, dass du dich erinnerst."
„Von Amelie..."
„Wer ist Amelie?"
„Meine Zwillingschwester."
Julie sah Ann erstaunt an. „Du hast eine Schwester? Warum hast du mir nie von ihr erzählt?"
„Sie ist schon lange tot."
„Das tut mir leid..." Julie legte den halb aufgegessenen Apfel weg. Zündete sich eine Zigarette an.
„Was war das für ein Traum?"
Ann schüttelte den Kopf. „Ich will jetzt nicht über meine Schwester reden."
Aber Julie ließ nicht locker, und so begann sie zu erzählen. „Sonst passiert mir das nicht, weißt du, ich kann nicht schlafen beim Fliegen, trotz Gin Tonic und Tablette."
„Es lag also an mir?"
„Schon möglich. Du bist jedenfalls auch in diesem Traum gewesen. Wir sind gemeinsam auf eine Ausstellung gegangen, und da habe ich Amelie gesehen, mitten... unter all den Leuten. Das Seltsame war, dass ich

sie nicht erkannte, nur wusste, dass wir uns nicht fremd waren. Amelie hielt eine Plastiktüte in der Hand, erst in der linken, dann in der rechten. Man konnte sehen, dass sich etwas Schweres, Kantiges darin befand. Sie ist mit der Tüte in der Hand auf dich zugegangen. Ich stand nicht mehr neben dir, und einen Moment lang hatte ich Angst. Ich kann nicht mehr sagen, ob um dich oder um sie... Aber Amelie hat sich nur an deine Schulter gelehnt, du hast sie in den Arm genommen, und mir wurde klar, dass ein Hammer in der Plastiktüte war. Amelie hat ihn ausgepackt und dir gegeben, und du hast damit einen Zettel an die Wand genagelt, auf dem das Wort ‚schwarz' stand. Dann hast du ihr den Hammer zurückgegeben, und sie hat sich damit zwei Mal auf den Kopf geschlagen, irgendwie mechanisch, wie diese Figuren, die bei alten Turmuhren zur vollen Stunde aus ihrem Versteck rattern. Sie hat sich zu mir umgedreht, ihr Kopf hatte zwei Dellen, aber sie hat nicht geblutet. Du hast dann Sand aus deiner Hosentasche genommen und die Dellen damit aufgefüllt. Danach hast du Amelie mit Wasser übergossen, und sie ist gegangen. Erst nachdem sie den Raum verlassen hatte, fiel mir wieder ein, dass sie meine Schwester ist, und schließlich kam mir auch ihr Name wieder in den Sinn, Amelie... Ich wollte sie zurückrufen, aber es ging nicht, ich hatte keine Stimme, dafür wuchsen überall Lautsprecher aus dem Boden. Das machte mich so wütend, dass ich wie wild zu tanzen begann. Davon bin ich aufgewacht, bei leichten Turbulenzen, kurz bevor das Flugzeug erstmals so richtig abgesackt ist. Ich dachte damals, Amelie wäre gekommen, mich zu holen..."

„Do I remind you of her?"
„Yes. It's something in your voice, your eyes ..."
„Erzähl mir etwas von Amelie, etwas, das du nur Wenigen erzählt hast. Dann erzähl' ich dir auch etwas."
„Ist das nicht kindisch?" Ann überlegte. „Amelie und ich haben uns noch als Teenies ein Zimmer geteilt, nicht aus Platzmangel, wir hatten keine Lust, ein eigenes zu haben. Bis ich nach Wien gezogen bin. Bei meinem letzten Besuch in Klagenfurt habe ich ihr Fotos von einer Wohnung gezeigt, die ich mir angesehen hatte, mit Zimmer, Küche, Bad, weil Amelie bald nachkommen wollte und WGs nicht mochte. Wir haben uns ausgemalt, wie es sein würde, gemeinsam darin zu leben. Als sie starb, fand ich dieses Bachmann-Buch aufgeschlagen auf ihrem Bett. Die ersten Worte, ‚Auch ich habe in Arkadien gelebt'."
Julie stand auf. „Larissa bekommt Zwillinge, Mädchen ..." Sie nahm ihren Mantel vom Stuhl und sah Ann kurz so flehend an, dass die ihr „Wir reden noch!" erst nachrief, als Julie drüben im Ausstellungsraum bereits aus ihrem Blick verschwunden war.

Wenige Wochen später veröffentlichte Julie in den wichtigsten internationalen Kunstmagazinen folgendes Statement:
Hiermit erkläre ich, dass ich bis auf Widerruf jegliche künstlerische Tätigkeit verweigere und auf alle repräsentativen Auftritte die Vermittlung meiner Kunst betreffend ab sofort verzichte. Ich bitte, diesen Rückzug auch meinen Arbeiten zu gewähren und diese nicht länger in Betracht zu ziehen. In diesem Sinne ersuche ich,

künftig davon abzusehen, sie auszustellen, zu handeln, abzubilden, zu filmen oder zu fotografieren und sie weder in gedruckter noch in digitaler Form zu erwähnen.
Ich bitte außerdem dringend, von allen sonstigen Anfragen an mich Abstand zu nehmen.
Ich bin nach eingehender Selbstprüfung zu der Erkenntnis gelangt, dass dies die aufrichtigste Haltung ist, die ich aktuell, unter den gegebenen persönlichen, gesellschaftlichen und politischen Umständen in Bezug auf Kunst allgemein und meine künstlerische Tätigkeit im Besonderen einnehmen kann.
Ich bedaure, aber ich möchte vorerst lieber nicht mehr.
Julie Leyroux.

Anfang September 2017 eröffnete im MUMOK eine große Ausstellung, die keine war. Es gab kein Exponat. Das Gebäude war leer. Im Eingangsbereich an zentraler Stelle ein Hinweisschild. Es erklärte, dass dieses Haus ab sofort kein Museum mehr war, hier nichts mehr gezeigt wurde. Dafür bot sich der Ort selbst an, als Hülle, Raum für alle, die Raum brauchten. Jede und jeder war eingeladen, das MUMOK im Rahmen ausgedehnter Öffnungszeiten zu nutzen, es sich anzueignen. Bei freiem Eintritt.

In den ersten Tagen schien es, als ob das Angebot nur zögerlich angenommen würde, doch nach einer Woche war das MUMOK voll. Man traf sich in seinen Räumen, lebte, arbeitete, spielte, schlief, aß und feierte.
Von kleineren Reparaturen abgesehen, überstand das Haus diese offene Phase sehr gut.

Nichtsdestotrotz wurde die Nicht-Ausstellung schon im Vorfeld zum Skandal, Ziel einer Hass-Kampagne, die vor allem Boulevardmedien betrieben.
Zunächst konzentrierten sich die Angriffe auf Hannah. Sobald Julie als Künstlerin identifiziert, ihr Name publik wurde, übertrug sich die Wut auf sie. Die Anfeindungen wurden persönlicher, homophob und antisemitisch. Eskalierten. Sodass sämtliche Social-Media-Accounts des Museums eine Zeit lang still gelegt werden mussten.

Julies Nicht-Ausstellung wurde später von anderen Museen übernommen.

Julie selbst war nach ihrer Erklärung nie wieder öffentlich aufgetreten und hatte erreicht, dass ihre Arbeiten, wenn auch nicht für lange Zeit, aus sämtlichen Ausstellungsräumen verschwanden.

Larissas Zwillinge, Kea und Klervie, wurden Anfang Juli 2016 geboren. Mitte Oktober 2017 starb Julie.

Ein Jahr nach Julies Tod schloss Ann ihre Galerie.

***

Ann saß erschöpft am Schreibtisch. Julie war aus ihrem Büro geflohen. Am liebsten wäre sie auch gegangen. Wo war ihr Tee. Sie hatte gerade eine Mitarbeiterin rufen wollen, als F in Jacke und Schal in der Tür stand.
„Entschuldige, dass ich störe“, sagte sie und kam herein. „Dein Tee.“ Sie stellte die Tasse vor Ann ab.

„Meine Kündigung habe ich dir gerade gemailt, ich will es uns in dieser Hinsicht so einfach wie möglich machen."
„Das finde ich gut. Über die Details lass uns ein anderes Mal reden, morgen vielleicht..." Ann ließ durchklingen, dass ihr nicht viel daran lag.
„Danke, doch an der Sache selbst würde das wohl nichts mehr ändern. Wenn du mich jetzt noch etwas sagen lässt, ist die Angelegenheit für mich erledigt und du bist mich sofort los."
„Sei mir nicht böse, aber das ist jetzt wirklich kein guter Zeitpunkt..."
„Morgen fehlt mir vielleicht der Mut. Ich verspreche dir, es dauert nicht lange."
„Mut", wiederholte Ann leise, „wofür denn das?", und etwas lauter: „Mir wäre wirklich lieber..."
Doch F unterbrach sie. „Du hast mir Unrecht getan, weißt du, wenn nicht gleich von Anfang an, so jedenfalls später... Ich sage das nicht, um mich zu rechtfertigen oder etwas zu entschuldigen, sondern weil du mich aus der Bahn geworfen hast und ich mich deshalb vor ungefähr einem Jahr zu etwas habe hinreißen lassen, etwas getan habe, das dich betrifft."
„Das ist jetzt hier weder der Ort noch die Zeit."
„Ich habe es seither nicht geschafft, mich dir zu stellen."
„Hörst du nicht?"
„Du fragst nicht, wie und wobei?"
„Was soll das?"
„Du dachtest, du kennst den Grund, warum ich Lorenz nach London plötzlich ausgewichen bin. Es war nicht, weil du wieder einmal fremd gegangen bist."

„Wie?"

„Dass du das regelmäßig tust, weiß ich schon lange. Ich könnte dir sogar sagen, der wievielte Typ der Londoner in jenem Jahr gewesen ist, aber auch insgesamt... Ich habe über deine One-Night-Stands zuletzt nämlich ebenso Buch geführt wie über all deine anderen Verabredungen und Termine, bei denen du dich darauf verlassen hast, dass ich die Zettel, die du verlegt hast, finde und mir notiere, wen du wann wo triffst. Ich habe das mehr aus Gewohnheit getan, nicht aus besonderem Interesse und ganz bestimmt nicht, um dir etwas vorzuwerfen! Dafür habe ich dich viel zu sehr bewundert. Die Sache verhielt sich damals nämlich genau umgekehrt, nicht du, *ich* habe mich in deiner Schuld gefühlt, schon in London und erst recht wieder in Wien." F redete, fast ohne Luft zu holen.

„Ich will das alles gar nicht wissen..."

„Du warst auch kurz vor London verreist. Ich habe Lorenz abends zufällig getroffen, und wir sind der alten Barzeiten wegen auf ein Bier gegangen und dann hängengeblieben."

„Falls du mit ihm geschlafen hast, es interessiert mich nicht."

„Lorenz hat mich später noch auf einen Absacker zu euch nachhause eingeladen. Er musste den Babysitter ablösen. Ich habe erst nicht gewollt, aber dann hat es mich gereizt, ohne dich in deiner Wohnung zu sein. Er hat wohl bemerkt, wie sehr du mich beschäftigst, ich dich bewundere, und es hat ihn – wir waren auch schon ein wenig betrunken – ziemlich amüsiert, er hat mich richtig aufgezogen deswegen. Hat gemeint, wenn er mich so ansieht, dann fällt ihm auf, wie sehr ich mich kleide wie du, bewege wie du. Und schließlich hat er mir verraten, dass du umgekehrt leider nicht so großartig von mir denkst, mich zwar für fleißig und ehrgeizig, aber doch wesenhaft für die ‚zweite Reihe' hältst. Er hat das in einem Ton gesagt, der deinem so nahe kam, dass ich wusste, es war nicht gelogen. Und das war es doch auch nicht."

Ann schwieg.

„Siehst du, und seither habe ich mich gefragt, was ich falsch gemacht habe. Wie es sein kann, dass du so über mich denkst. Im ersten Augenblick war ich allerdings weniger verletzt als verärgert, und obwohl ich eigentlich vorhatte zu gehen, bin ich dann noch geblieben, für ein allerletztes Glas und eine letzte gemeinsame Zigarette auf eurem riesigen Balkon. Danach habe ich mit Lorenz in deiner Wohnküche gefickt. Bis Oskar irgendwann aufgewacht ist und uns beinahe überrascht hätte. In der Eile habe ich mein grünrotes Feuerzeug bei euch vergessen. Das hat mich tagelang beschäftigt, ich hatte Angst, du könntest es finden und erkennen."

Ann biss sich auf die Lippen.

„Der Sex hat mir nichts bedeutet und Lorenz ebenso wenig, da bin ich mir sicher. Es hat uns beiden ja nicht einmal wirklich Spaß gemacht. Wir haben es nämlich weniger für uns als gegen dich getan. Denn zuvor habe ich mich bei Lorenz noch für deine Worte gerächt."

„Wie ..."

„Ich habe ihm gesagt, dass du ein paar Monate nach Oskars Geburt abgetrieben hast."

„Du hast was?!" Ann war plötzlich laut geworden.

„Deine Zettel, du lässt sie einfach so liegen... Da war die Nummer, die du dir tagelang kommentarlos notiert hast. Dann plötzlich dieser freie Vormittag, aus dem du blass und müde in die Galerie gekommen bist und etwas getan hast, was du sonst nie tust. Du hast dich hier zwei Stunden auf die Couch gelegt, hast keine Anrufe angenommen und mich gebeten, ein Essen abzusagen. Da habe ich die Nummer eben gegoogelt."
„Warum tust du das, was willst du von mir?"
„Ich weiß es ja selbst nicht. Und es tut mir auch alles sehr leid."
„Wie konntest du danach weiter hier arbeiten? Warum hast du nicht wenigstens den Anstand gehabt, zu gehen?"
„Weil ich mich viel zu klein gefühlt habe und zu sehr geschämt... Aber es hat mich verändert, zu wissen, wie du mich siehst. Und wenn ich zwischendurch auch immer mal wieder geglaubt habe, ich müsste mich dir beweisen, so habe ich dein Urteil über mich letztlich doch akzeptiert. Und mir gesagt, wir können nicht alle vorne stehen und gesehen werden, und wenn schon zweite Reihe, dann lieber hinter dir als jemand anderem, und so wie ich auf deine Kränkung reagiert habe, verdiene ich es vielleicht nicht anders."
Ann war aufgestanden. „Ich habe jetzt genug..."
„Das verstehe ich, ich bin auch gleich weg. Nur noch ein Allerletztes."
„Ich will, dass du gehst, sofort!"
„Vorgestern bei G in Berlin, da habe ich deinen Namen gehört, obwohl außer mir keine Frau im Atelier war. Wusstest du, dass G alle seine Assistenten, egal ob

männlich oder weiblich, nach dir nennt? Erst, weil du ihm gefehlt hast. Später, weil er einfach zu sehr daran gewöhnt war, ‚Ann' zu rufen, wenn er etwas braucht."
Ann sah F irritiert an.
„Wir tranken gerade diesen komischen, süßlich modrig schmeckenden Kaffee, da hat er mir erzählt, dass er sich demnächst von seinem wichtigsten Mitarbeiter trennen muss, und mich gefragt, ob ich seine neue ‚Ann' sein will."
„Und, was hast du gesagt?"
„Dass ich das nicht kann." F nahm Julies Apfel vom Tisch, biss hinein und ging.

Julie hatte ihre Zigaretten vergessen. Die Packung war auf dem Couchtisch liegen geblieben, gleich neben der Tasse, auf deren Boden der Kaffeesatz, den Anns alte Espressomaschine stets mit in die Tassen spülte, spröde, sandige Muster gezeichnet hatte. Ann nahm eine Zigarette aus der Packung, führte sie an ihre Lippen, zündete sie jedoch nicht an.

Sie hatte die Zigarette noch im Mund, als Oskar in ihr Büro gelaufen kam und ihr aufgeregt von einem Erlebnis mit einem großen, singenden Fisch erzählte.
Dann bat die Praktikantin, sie allein zu sprechen.
Ann schickte ihren Sohn aus dem Zimmer.
Die Praktikantin meinte, sie habe hin und her überlegt und sich eigentlich erst dagegen entschieden, Ann etwas von diesem Telefongespräch zu erzählen, das sie zuvor ungewollt belauscht hatte, auch weil Ann ja sicher ohnehin schon alles wüsste.

Was denn.
Über die Leyroux.
Wie ...
Bevor Larissa sich auf dem Weg ins „Zoom“ von ihnen verabschiedete, habe sie kurz telefoniert. Auf Polnisch, ohne zu ahnen, dass die Praktikantin diese Sprache verstand.
Julie, so teilte Larissa der Person am anderen Ende der Leitung mit, habe soeben den Befund erhalten, dass sie lebensbedrohlich erkrankt war.

III.
Robert oder Der Tod

Ein paar Tage Ende Jänner 2016 in Wien

Die erste Textnachricht, die Robert von seiner Schwester nach fünfzehn Jahren erhielt, lautete: Elisabethstraße 27.

Der Flug Paris-Wien am Mittwochmorgen war schlecht gebucht und die Maschine nur halb voll geworden. Robert rutschte nach Ende des Boardings vom Gangplatz, den er stets reservierte, damit er seine Beine wenigstens ab und an ausstrecken konnte, zum Fenster, schob die Blende hoch und schaute hinaus. Auf die Startbahn, die schräg zurückweichende Vorstadtlandschaft, den Schneeregen, der wieder eingesetzt hatte, die Wolken, die mit der Höhe heller und immer heller wurden, auf die Sonne über ihnen und schließlich in die blaue Weite. Er trank noch schnell einen Kaffee, bevor das Geräusch der Triebwerke mit Beginn des Sinkflugs in die Tiefe sprang.

Robert war von Q zu dieser Konferenz nach Wien eingeladen worden, die Donnerstagabend mit seinem Vortrag beginnen sollte. Q leitete seit gut zwei Jahren das Kunst-und- Kulturwissenschaftliche Institut an der Akademie der bildenden Künste. Zuvor war Q für einige Semester Gastprofessor an der Universität Paris VIII gewesen, an der Robert seit nunmehr dreizehn Jahren als Maître de conférences mit Forschungsschwerpunkt Wissenschafts- und- Technikphilosophie tätig war. Als Q erfuhr, dass Robert in seiner Freizeit kletterte, hatte er ihn ein paar Mal in die Halle „MurMur Pantin“ begleitet und später auch ein paar Konzerte mit ihm besucht. Denn Q interessierte sich wie Robert für zeitgenössische Musik und spielte nicht schlecht Cello. Trotzdem oder gerade deshalb mochte Robert ihn nicht. Aber wen mochte er schon. Und auch von Qs wissenschaftlicher Arbeit hielt er nicht mehr allzu viel. So hatte er Qs letztes Werk, das dieser ihm im Vorfeld der Konferenz ungefragt zugeschickt hatte, anderen gegenüber die Arbeit eines ideenlosen Strebers genannt.

Robert hatte den Titel seines Vortrags mit „AI Art – A Contradiction in Terms?“ angegeben und ursprünglich daran gedacht, ein Unterkapitel seines Buches auszubauen, das sich mit „der kreativen Maschine“ beschäftigte. Bisher hatte er mit dem Vortrag nur begonnen. Dass Robert Arbeit bis zur allerletzten Minute aufschob, war nicht ungewöhnlich, dass er so unvorbereitet zu einer Veranstaltung reiste, allerdings schon. Trotzdem freute Robert sich auf die Konferenz. Umso mehr, seit er wusste, dass sich unter den eingeladenen Wissenschaftlern ein Kollege befand, dessen Arbeit ihn gerade sehr interessierte. Früher oder später hätte er sich selbst darum bemüht, ihn kennenzulernen.

***

Als Robert kurz nach elf in der Elisabethstraße aus dem Taxi stieg und die Reisetasche aus dem Kofferraum hob, war die Aufregung, in die ihn Julies Nachricht versetzt hatte, verflogen. Hätte er ihr nicht schon zugesagt, er

wäre lieber ins Hotel gefahren. Ihr Wiedersehen hätte er aufs Wochenende verschoben.
Die Elisabethstraße verband die Akademie mit dem Kunsthistorischen Museum. Robert hatte sich die Gegend belebt vorgestellt. Doch in der Straße war nichts los. Es gab nur ein kleines Steh-Café, das Bagels und Cupcakes verkaufte. Robert hatte vergessen, Julie und Larissa etwas aus Paris mitzubringen. Frühstück schien, wenn Julie noch Julie war, auch zu dieser Uhrzeit eine gute Idee.

Vor dem Haustor der Nummer 27 traf Robert einen Fotografen. Er versperrte ihm mit seinen Beleuchtungsschirmen und Stativen den Weg. Im obersten Stock kam Robert dennoch knapp vor ihm an. Die Tür zum Penthouse war nur angelehnt.
Auch wenn Robert nicht erwartet hatte, Julie und Larissa allein anzutreffen, war er vom Partylärm, der aus dem Appartement drang, doch überrascht.
Ob er auch zu Julie wollte. Zu wem? Leyroux. Klar. Zu wem sonst, erwiderte der Fotograf, während er drinnen sein Equipment abstellte. Dann beugte er sich über die Kartonbox des Cafés, die Robert wie ein Tablett vor der Brust hielt, meinte, dass er auf Termine mit Catering stand, öffnete den Deckel, griff sich einen Bagel und verschwand damit im lautesten der Räume, in den man vom Vorzimmer aus kam. Robert murmelte „con“, und da ein Frühstück ohnehin nicht in diese Wiedersehenssituation passte, kippte er die Box über den Lichtschirmen des Fotografen aus und ging ihm nach.

Das große Zimmer war schlecht geheizt und so verraucht, das Robert Staubpartikel dicht wie Sternennebel im Raum schweben sah, sooft ein Sonnenstrahl durch die Wolken brach. Leute lagen in Mänteln auf dem Boden, kauerten aneinander gelehnt in einer Ecke, eine Gruppe unterhielt sich an einem ovalen Tisch, andere tranken still, ein paar tanzten. Es lief schwere, basslastige Musik. Als Robert sich an einen bärtigen, jüngeren Mann wandte, der auf einem Sofa saß, köpfte jemand eine Flasche Sekt. Der Bärtige hatte dunkle, ein wenig verschwommene Augen und zog an einer Bong. Robert erkundigte sich nach Julie, Larissa. Der Bärtige schüttelte den Kopf.
Robert setzte sich neben ihn. Dabei fühlte er sich hier fehl am Platz, war zu müde für diese Party, deren Anlass er nicht kannte. Und irritiert, dass Julie sich nicht blicken ließ. Wäre er doch ins Hotel gefahren, dachte er, konnte sich aber nicht dazu bringen, aufzustehen. Also nahm er einen Schluck aus der nur mehr halbvollen Flasche, die vom Tisch über eine Tanzende zu ihm herübergewandert war. Und weil es danach auch schon egal war, trank er sie aus und bat den Bärtigen um ein paar Züge.
Der Rauch schmeckte nach Plastik, reizte seinen Hals und brannte in der Lunge. Robert musste husten. Sonst geschah nichts. Er streckte sich durch. Enttäuscht. Da türmte sich eine Welle aus Farbe und Euphorie vor ihm auf. Brach. Er ließ sich fallen. Der Bärtige fing ihn auf, bettete Roberts Kopf in seinen Schoß, schob ihm die Hand vor die Augen, als er zu lange starr nach draußen in die Sonne schaute, strich ihm übers Haar und redete

ihm gut zu. Und obwohl Robert nicht immer verstand, was der Bärtige zu ihm sagte, weil er zugleich so viele andere Stimmen hörte, half es ihm, dass er sich nicht vollends in dieser fremden, zweiten Welt verlor, und den Wesen, die sie kontrollierten, nicht widerstandslos überallhin folgte.

Als Robert am späteren Nachmittag im Hotelzimmer erwachte, war es die Hand des Bärtigen, der leichte Druck auf seinen Lidern, woran er sich zuerst erinnerte. Und dass er gedacht hatte, er wäre blind oder tot, als der Bärtige sie wegnahm und es vor seinen Augen weiter finster blieb. Dabei war bloß keine Sonne mehr im Raum gewesen und das Schwarz des Anzugs, den der Bärtige trug, hatte, high wie er war, auf die Umgebung abgefärbt und seine Sicht verdunkelt.

Und dann war da Larissa. Nein, er hatte sie nicht halluziniert. Sie unterhielt sich in einer Ecke mit dem Fotografen und einer Frau, von der Robert später erfuhr, dass sie Journalistin war und Bärbel hieß.

Robert setzte sich auf, bevor Larissa ihn entdeckte. War, während sie auf ihn zukam, wieder ein wenig abgekippt und deshalb anfangs nicht in der Lage, sich auf ihre Worte zu konzentrieren. Stattdessen staunte er sie an. Sie schien ihm so atemberaubend schön, dass er, könnte er in diesem Augenblick nur einen einzigen Menschen auf der Welt retten, sie wählen würde.

„What are you doing here? Why did you come?" Larissa war offensichtlich nicht beeindruckt, ihn zu sehen.

„Didn't Julie tell you?"

„Tell me what?"

Robert erzählte ihr von der Textnachricht, seiner Konferenz.
Doch Larissa meinte, es wäre besser, wenn er nicht bliebe, weil Julie gleich ein wichtiges Interview hätte und es vielleicht platzen ließe, wenn sie hörte, dass er da war. Und was das andere anging, die Sache zwischen ihnen hätte sich erledigt. Es wäre ein Fehler, dass sie sich vor zwei Tagen bei ihm gemeldet hätte. Sie fände es besser, wenn sie sich fortan nicht mehr über den Weg liefen.

***

Larissa hatte Robert Montagvormittag angerufen. Er hatte sich eben erst an den Schreibtisch über seinen Vortragstext gesetzt und nicht abgehoben, war dann aber doch neugierig geworden und hatte die Sprachbox abgehört.
„Hi, I'm in Paris, actually I just arrived an hour ago and I will leave again late this afternoon. Julie is still in New York, I'm in town to collect a video for her. The thing is, I must see you. Something has happened and we need to talk. So call me back or text me where and when …“ Nein, das würde er nicht tun. Robert öffnete ein Fenster. Ihm war plötzlich heiß geworden, ein Feuer, das unter der Haut brannte, wenn er Wut oder Scham empfand oder, wie in diesem Fall, eine Mischung aus beidem. Selbst wenn er Lust gehabt hätte, Larissa zu sehen, er hatte keine Zeit für sie. Sein Blick folgte ein paar Schneeflocken, die es ins Zimmer der kleinen Dachgeschoßwohnung seiner Lebensgefährtin wehte. Sie war ein guter Ort zum Schreiben. Allmählich wurde

ihm kühler, dann kalt. Das half ihm, sich zu konzentrieren.
Er begann seinen Vortrag damit, auszuführen, was Félix Guattari meinte, wenn er von der „Proto-Subjektivität“ der Maschine sprach, in ihr eine „Konsistenzfunktion“ ausmachte, also „eine Funktion des Verhältnisses zu sich und zu einer Alterität“. Robert hatte dieses Zitat, das aus dem Transkript einer Vorlesung stammte, die Guattari 1990 anlässlich einer Tagung zum Thema „Cinéma et littérature: Les temps de machines“ gehalten hatte, ins Deutsche übertragen. Ein Freund hatte ihm die Tonbandaufnahme dieser Vorlesung überlassen. Robert sprach im Übrigen ganz gut Deutsch und hatte es sich bei auf Englisch gehaltenen Vorträgen zur Gewohnheit gemacht, entscheidende Begriffe und Zitate in die Muttersprache seines Auditoriums zu übersetzen.
Als er beim Durchlesen noch einmal am Wort „Verhältnis“ hängenblieb, sprangen seine Gedanken zurück zu Larissa. Sie war doch damals genauso ratlos aus ihren Fick-Nachmittagen gegangen wie er, und als sie beim Abschied sagte, dass sie nichts bereute, log sie. Und er, als er den Mund aufmachte, um ihr zuzustimmen. Ehrlich waren sie zueinander nur im Versprechen gewesen, sich nicht wiederzusehen. Warum also jetzt dieses Treffen. Was wollte sie von ihm. Und wenn es gar nicht um sie beide ging? Was war so wichtig, dass sie es ihm nicht am Telefon sagen oder in einem Mail erklären konnte?

Robert hatte Larissa beim „Walk“ anlässlich von Julies „Poème noctambule“ im Oktober 2015 kennengelernt.

Vom „Walk“ erfahren hatte er während eines mäandernden Tischgespräches mit seiner zwölf Jahre jüngeren Lebensgefährtin T. Über Haussmann, Revolte und stadtplanerische Paradigmenwechsel. T, die vor einiger Zeit eine Stelle an der Universität in Fribourg angetreten hatte, war mit der Bemerkung, seine Schwester würde demnächst eine Arbeit in den Straßen von Paris realisieren, in eine Zeit privater und beruflicher Gleichförmigkeit geplatzt. Robert verschluckte sich. Heftig. An einem Maki der Dragon Roll, die er und T sich teilten.

Als Julie vor fünfzehn Jahren mit ihm brach, litt er arg. Doch im Gegensatz zum Maki, das er schließlich auf den Teller spuckte, hatte er den Schmerz in sich hineingefressen. Und seine Ursache verdrängt. Seither hatte Julie Staub angesetzt. Ihr Bild war verblasst. Doch wer war er noch, ohne sie. Ein mittelalter, mäßig erfolgreicher, durchschnittlich beliebter und liebender Mittelschicht-Mann.

Für den Abend des Walks hatte Robert bereits auf der Party eines Kollegen zugesagt. Der feierte seine Berufung zum Professor. Ein Karriereschritt, der für Robert immer unerreichbarer schien, zumal sein jüngstes Buch des experimentellen Stils wegen als Habilitationsschrift nicht angenommen worden war. Robert war ehrgeizig. Immer noch. Es fiel ihm nicht leicht, den Kollegen zu feiern. Anmerken sollte man es ihm nicht. Weder den Ehrgeiz noch den Neid.

Warum er die Feier dann doch sausen ließ und sich auf dem Heimweg spontan entschloss, zum Treffpunkt von Julies nächtlicher Performance zu fahren? Weil er sich plötzlich alt und leer fühlte, sein Herz so lange schon unterfordert war, auch in der Kletterhalle, aus der er gerade kam. Die einzige Angst. Die Begegnung mit Julie könnte ihn nicht genug aufregen, weniger als der Party-Smalltalk mit dem erfolgsverwöhnten Kollegen.

Als Robert sich durch die wartende Menge drängte, stellte er fest, dass Julie gar nicht da war.
Eine andere Frau stürzte auf ihn zu. Larissa. Sie habe ihn an den grünen Augen erkannt, der leichten Farbunregelmäßigkeit der Iris. Seiner Nase. Seinem Mund.
Robert wollte nicht bleiben, aber Larissa bestand darauf, dass er sie wenigstens einen Teil der Strecke begleitete.
Auf halbem Weg begann Larissa zu frieren. Auch Robert fror. Er trug nur eine dünne Jacke, und die Nacht war kalt. Als das Gedicht sie in die Nähe von Larissas Hotel führte, schlug Larissa vor, sich in der Lobby aufzuwärmen und dem Zug ein paar Straßen weiter wieder anzuschließen. Doch als sie das Foyer betraten, war klar, dass weder er noch Larissa der Kälte wegen ins Hotel gekommen waren, und so folgte er ihr am Empfang vorbei zu den Aufzügen.
Im Bett erklärte ihm Larissa, er habe sie vor dem Gespräch mit einer Frau bewahrt, mit der sie sich nicht verstand. Ann, die Wiener Galeristin Julies.
„Why don't you like her?"
„She's a greedy bitch."

An T dachte Robert an diesem Abend nicht. Sie war in Fribourg. Ihre Lebensgemeinschaft beschränkte sich auf Wochenenden. Außerdem war Robert von jeher mehr oder weniger offen fremd gegangen. Früher weniger. In der Beziehung mit jener Musikerin, der seine Tochter entstammte. Und zuletzt deutlich mehr. Bei der Informatikerin, mit der er zwei Söhne hatte. Vier und sechs Jahre alt. Sie hatte von seinem Verhältnis mit T gewusst, als sie ihrer plötzlich wieder aufgetauchten Jugendliebe vor zwei Jahren nach Bayonne gefolgt war. Der Kontakt zu seinen Söhnen war seit dem Umzug abgebrochen, schon weil Robert keinen Führerschein besaß und nur widerwillig Bahn fuhr. Andererseits lag die letzte Begegnung mit seiner Tochter, die wie er in Paris lebte, auch über ein Jahr zurück. Dabei stand sie ihm nach Julie von allen Menschen auf der Welt am nächsten.

Robert merkte, dass Larissa ihn beobachtete, während er in der Superior-Room-Sesselecke nach seiner Short suchte. Erst als er sich die Schuhe anzog, fischte sie ihr Smartphone aus der Parka, vom Fußende des Bettes. Erleichtert, dass er nicht blieb. Er, dass sie es nicht von ihm verlangte. Sie deckte sich zu. Es wäre ein guter, einfacher Abschied gewesen, hätte er, als sie ihn darum bat, das Licht auszumachen, einfach wortlos den Schalter gedrückt. Im Zimmer war es tatsächlich sehr hell. Immerhin hatten sie noch im Aufzug entdeckt, dass sie es beide hassten, im Dunkeln zu ficken. Doch er drehte sich, ehe er ging, zu ihr um und fragte:
„How long are you staying?"
„A week."
„Will I see you again?"

Larissa scrollte durch blauweiß leuchtende Seiten: „The day after tomorrow, 3 o'clock, let's meet here."

An ihrem letzten Nachmittag hatte Larissa sich betrunken. „Late check-out is at 5 p.m., so we do have 50 minutes." Das sagte sie seltsam angestrengt an der Zimmertür, als er um vier Uhr bei ihr klopfte. Die verbleibenden zehn Minuten bräuchte sie, um zu packen. Sie war bloßfüßig. In einer Hand hielt sie ein halbvolles Glas. Auf dem Sideboard neben der Sesselecke lagen drei leere Wodkafläschchen. Larissa setzte sich aufs Bett und begann ihre Hose auszuziehen. Aber weil sie sichtlich Mühe hatte, sich aus der graugrünen, sehr engen Jeans zu schälen, die sie auch bei ihrer ersten Begegnung getragen hatte, fickte er mit ihr an diesem Nachmittag nicht mehr. Sie redeten. Das heißt, Larissa redete. Über New York. Ihre Arbeit. Über Julie. Er hörte zu. Nicht immer sehr aufmerksam. Denn eigentlich wollte er nichts weniger, als mit ihr reden. Am allerwenigsten über Julie. Und Larissa hatte seit dem Walk ja auch kein Wort mehr über seine Schwester verloren. Robert hatte verstanden, nicht über Julie zu reden, war die Bedingung, dass sie ihn weiterhin im Hotel traf. Und es war ihm recht. Dieses Versteckspiel machte den Reiz ihrer Nachmittage aus. Denn eigentlich war Larissa nicht sein Typ. Dafür mochte sie es, im Gegensatz zu T, auch anal und schob ihm währenddessen so selbstverständlich ihre Finger in den Arsch, dass er zu überrascht war, sich dagegen zu wehren.
Julie hätte eigentlich mit ihr nach Paris zum Walk kommen wollen, erzählte sie schließlich, „but then she met this girl and asked me to go alone..."

Robert fiel auf, dass sie jetzt mit leichtem Akzent sprach, tiefer und weniger singend.
„It's not that I am jealous." Larissa seufzte. Ihre Beziehung habe von Anfang an andere mit eingeschlossen. Aber Julie übertrieb es. Mit den anderen. Und mit ihr. Sie habe deshalb schon ein paar Mal versucht, sie zu verlassen, es aber nie fertiggebracht. Und weil sie nicht von ihr loskam, zuletzt Dinge getan, um Julie zu einem Bruch zu provozieren. Doch egal, was sie anstellte, Julie machte ihr nie Vorwürfe. Vielleicht, weil sie ihr nicht wichtig genug war. Aber vielleicht war sie es ja auch zu sehr. Und deshalb habe sie jetzt Angst. Larissa spielte, während sie redete, mit einem Wodkafläschchen und versuchte, es zu öffnen. Doch sein Drehverschluss klemmte, und ihre Finger rutschten ab.
Angst wovor?
Larissas Blick fiel auf das seit dem Vortag nicht mehr gemachte Bett. „That she might actually leave me if she found out."
„How? I won't tell her."
„I might", erwiderte Larissa, erschrak, ließ das Fläschchen fallen und hielt sich den Mund zu, als erstickte sie einen Schrei. Doch schon im nächsten Augenblick stürzte sie an Robert vorbei ins Bad und schlug den Klodeckel hoch.
Robert ging ihr nicht nach. Er konnte nicht einmal seine Kinder kotzen sehen, fürchtete Übelkeit mehr als Blut. Er musste sich sogar überwinden, nebenan im Zimmer zu bleiben. Um sich abzulenken, suchte er nach dem Fläschchen, das unters Bett gerollt war, und steckte es ein, obwohl er Wodka nicht mochte.

Er bot Larissa dann noch an, ihr beim Packen zu helfen. Es war eines der häuslichen Dinge, die er besonders gut konnte. Seiner mittlerweile dreizehnjährigen Tochter wegen hatte er viel Erfahrung darin, aus den frühen Jahren, in denen er und ihre Mutter sich das Sorgerecht geteilt hatten und sie die ersten drei Tage der Woche bei ihm gewesen war.
Larissa lehnte ab.
Noch im Aufzug trank Robert das Wodkafläschchen aus und beschloss, ab sofort nicht mehr an sie zu denken. Was ihm sehr gut gelang.
Verdrängen. Das hatte er von seiner Mutter gelernt.

Er war nicht ganz fünf, als seine Mutter ihm erstmals erlaubte, sich auf die schwarze, gepolsterte Bank an den großen Steinway zu setzen, der seine frühesten Kindheitserinnerungen wie ein dunkles, magisches Monument dominierte. Sie schob ihm schnell ein paar Bücher unter, damit er groß genug war und seine Hände nicht abgewinkelt, sondern waagrecht auf den Tasten zu liegen kamen. Robert hatte seine Mutter nie dazu bringen können, ihm zu erzählen, wer ihr diesen Flügel geschenkt hatte, ihr, die so schlecht spielte. Er wusste nur, sie verband mit dem Klavier etwas, das ihr so wichtig war, dass sie ihn auf die Wange schlug, als er nach ein paar Tönen aufgeregt vom Bücherstapel rutschte und mit dem Oberkörper vornüber auf die Tasten fiel. Ein Geschenk seines Vaters war der Steinway jedenfalls nicht.
Die nächsten eineinhalb Jahre war das Klavier für ihn tabu. Dann erhielt er endlich Unterricht. Schon in der

ersten Stunde zeigte er sich überdurchschnittlich begabt. Seine Mutter reagierte darauf kaum. Dabei hatte er so gehofft, sie würde sich freuen. Aber sie hatte sich nie sonderlich für ihn interessiert, auch als sie nach der Trennung von seinem Vater nicht wieder arbeiten gegangen war, hatte sie sich zuhause lieber mit anderen Dingen beschäftigt als mit ihm. Immerhin ließ sie Robert nach einiger Zeit ungestört üben und blieb nicht länger argwöhnisch im Zimmer, sobald er die glänzende Tastenklappe des Steinways öffnete.
Als Robert sich mit fünfzehn in einer Vorbereitungsklasse am Konservatorium einschrieb, dachte er, er hätte sein Ziel erreicht. Als er die Hochschule mit zwanzig wieder verließ, musste er einsehen, dass sein Talent hinter seinem Ehrgeiz zurückblieb. Er rührte den Steinway von einem Tag auf den anderen nicht mehr an, ging Abend für Abend aus, kiffte und trank ziemlich viel und wartete darauf, dass etwas geschah, das ihn aus dieser Zukunftslosigkeit riss. Es war seine Mutter, die ihn befreite, indem sie ihn eines Tages nach einem längeren Telefonat mit dem Konservatorium kurzerhand aus der Wohnung schmiss. Er fand seine Sachen unordentlich in fünf Umzugskartons gepackt im Vorzimmer, als er nach einer durchgemachten Nacht mittags heimkam. Seine Mutter fand er nicht. Sie hatte sich eingeschlossen. Aber ein Kuvert mit Geld auf die Noten gelegt.

Er kam damals bei einer Freundin unter und begann, von ihr angeregt, Philosophie zu studieren. Auch das Klettern entdeckte er durch sie. Er suchte nach einem Sport, der seine Finger entweihte. Zu lange hatte er sie wie eine seltene Kostbarkeit gehütet und gepflegt. Erst dachte er ans Boxen. Doch für den Ring war er zwar groß, aber nicht breit und schwer genug. Also wurde er ein furchtloser Kletterer. Bis zur Geburt seiner Tochter. Danach machte ihm der Blick in den Abgrund plötzlich etwas aus, erschien ein Absturz nicht mehr als vertretbares Risiko, sondern als Schuld. So beschloss er, kaum dass er wieder sicheren Boden unter den Füßen hatte, das Klettern für die Verantwortung aufzugeben, die er als Vater übernahm, jedenfalls von den realen, unberechenbaren Felswänden in die simulierte Bergwelt einer Halle zu verlegen.

Dabei war er bis heute geblieben. Zuletzt trainierte er regelmäßig bei MurMur in einem Raum hoch wie eine Kathedrale. Dem Klettern verdankte er, dass er jünger aussah, als er war, und keine Brille trug. Für eine andere Sportart hätte er seine Augen nicht lasern lassen. Die längeren Haare verbanden ihn noch mit dem Klavier, seiner jugendlichen Begeisterung für die Musik Chopins. Mittlerweile langweilte sie ihn zwar, er hörte ausschließlich Zeitgenössisches, bevorzugt Spektralmusik, aber Gérard Grisey und Tristan Murail gaben frisurentechnisch weniger her.

***

War es Montagvormittag Larissas Nachricht gewesen, die ihn von der Arbeit an seinem Vortrag abgehalten hatte, störte ihn Dienstagfrüh ein Anruf.

Über seiner alten Wohnung im 11. Arrondissement habe es einen Unfall gegeben, berichtete ihm der Nachbar. Infolge von Renovierungsarbeiten sei in der Nacht eine Wand eingestürzt. Der Nachbar wollte klären, ob der Einsturz Schäden verursacht hatte. Robert dachte besorgt an seine Sammlung, erwähnte sie auch kurz, und machte sich sofort auf den Weg.

Als Robert mit Julie vor über zwanzig Jahren ins 11. Arrondissement gezogen war, lebten in der Wohnung über ihnen Mitglieder einer christlichen Sekte. Julie gab ihnen den Namen der Straße, in der ihr Haus lag. Sie nannte sie die acht Zaunkönige, nach der Rue des Troglodytes 8. Dabei handelte es sich wohl eher um eine Gruppe von zehn bis zwölf Männern, die über ihnen diese WG-artige Gemeinschaft bildeten, auf jede Form von Luxus verzichteten, viel sangen und beteten und zu fixen Zeiten mehrmals täglich rauften. Wenn die Zaunkönige sangen, taten sie es sehr früh oder sehr spät, und man hörte ihre Stimmen Stockwerke weit. Wenn sie rauften, schwang bei Robert und Julie eine Stunde lang die Decke. Deshalb durften sie bei diesem Ritual auch öfter zusehen. Es war ein spielerischer, harmloser Ringkampf, mehr Halten und Kugeln als echtes Kräftemessen. Dafür raufte jeder mit jedem, auch die Zaunköniginnen, die gelegentlich zu Besuch kamen, taten mit. Man raufte zu zweit, nie als Gruppe, und immer nur ein Paar nach dem anderen, am Boden innerhalb des Kreises, den die anderen bildeten. Sie feuerten die Paare an und kontrollierten sie zugleich. Denn jede unkeusche Berührung wurde bestraft.
Der Zaunkönige wegen hatte ihre Wohnung lange leer gestanden. Die Miete war niedrig. Nur ein Jahr später

löste sich die Gemeinschaft über ihnen auf, und ihre Mitglieder schlossen sich größeren Gruppen der Sekte in Tschechien und den Niederlanden an.

Julie war sechzehn, als sie sich in Roberts Leben drängte, er fünfundzwanzig. Er studierte noch und lebte in einem kleinen Zimmer bei einem Paar. Eines Abends rief sein Vater ihn dort an. Das war außergewöhnlich. Robert hatte seit Kindertagen nichts mehr von ihm gehört. Aber der Grund seines Anrufs war noch außergewöhnlicher. Der Vater erklärte ihm, dass seine Halbschwester, die Robert nicht einmal von einem Foto kannte, auf dem Weg zu ihm war, und bat ihn, sie für ein paar Tage bei sich aufzunehmen. Er könne gerade nicht aus Washington weg, und Julies Mutter sei schon länger nicht mehr mit ihr zurechtgekommen. Dabei habe sie alles versucht, Julie gemaßregelt, ignoriert, in Therapie geschickt, ihr gedroht mit Rausschmiss, Hausarrest, zuletzt mit einem Internat in der Schweiz. Erst sei sie ruhiger geworden. Dann verschwunden. Und nun sitze sie in einem Flieger nach Paris. Zuvor habe sie mit Roberts Mutter telefoniert.
Was sie mit ihr besprochen hätte?
Der Vater wusste es nicht. Roberts Mutter habe Julies Anruf nur bestätigt und danach sofort aufgelegt.
Auch Robert warf den Hörer hin. Ging aus und dachte nicht weiter an sie. Als er am nächsten Morgen aus dem Bad kam, klopfte es an der Tür. Und obwohl Robert sich vorgenommen hatte, nicht beeindruckt zu sein, überwältigte es ihn, seine Halbschwester zu sehen. Wie ähnlich sie ihm war. Er umarmte sie. Sie war ihm sofort vertraut.

In den folgenden Wochen teilte Robert Zimmer und Zeit mit ihr, nahm Julie zu Vorlesungen mit, in ein Seminar, die Kletterhalle und abends zu Freunden oder in einen Club. Schließlich kündigte ihr Vater einen Besuch an. Sie trafen ihn ein paar Tage später in einem Café. Wäre Julie nicht vor ihm da gewesen, Robert hätte ihn nicht erkannt.
Ihr Gespräch dauerte nicht lange. Julie wollte nicht zurück. Ihr Vater hatte nichts dagegen, dass sie blieb. Er bot Robert an, Unterhalt und Miete zu zahlen und ihm sein Studium zu finanzieren, das galt auch für eine geplante Dissertation, wenn er dafür sorgte, dass Julie in Paris zur Schule ging.
Eine Woche später war Robert mit ihr in die Rue des Troglodytes gezogen.

Robert hatte seither nie daran gedacht, die Wohnung im 11. aufzugeben, obwohl er ab Mitte dreißig nur mehr sporadisch darin lebte. Nicht einmal, als nach der Geburt seines jüngsten Sohnes das Geld einige Zeit knapp gewesen war. Auf den Gedanken, mit Freundinnen oder Kindern hier einzuziehen, war er nicht gekommen. Seine Freundinnen allerdings ebenso wenig. Auch T fand, sie habe bei ihm nicht genug Platz. Und Platz zu schaffen, dazu hatte niemand Lust. Mit Robert zu verhandeln. Über den Verbleib all der Dinge, die seit Julies Auszug die Räume der Wohnung füllten. Die meisten waren zerbrechlich, einige licht- oder wärmeempfindlich, andere gefährlich, und alle gegebenenfalls im Gebrauch etwas für vorsichtige Hände und nichts für Kinder.

Es handelte sich um die Objekte einer umfangreichen Sammlung historischer wissenschaftlicher Instrumente. Robert hatte sie Stück für Stück zusammengetragen. Das erste war ein anatomisches Modell aus dem 19. Jahrhundert, das er in einem Laden in Saint-Ouen entdeckt hatte. Es zeigte die vergrößerte Nachbildung eines menschlichen Herzens, war mehr Skulptur als Lehrmittel, denn sein Anschauungsgegenstand war künstlerisch in Szene gesetzt. Der obere Teil des Modells ließ sich abnehmen, so konnte man direkt in die fein gearbeiteten Herzkammern sehen.
Dem Herz waren bald weitere anatomische Modelle gefolgt, der Zunge etwa, des Gehirns, Aufrisse und Querschnitte des Kopfes, aber auch Ganzkörpermodelle aus Wachs oder Pappmaché und alte Skelette, in einem großen Glaskasten das eines Kängurus, eines Pelikans, in einem kleinen das Skelett eines Frosches, der Schädel einer Katze, in marmorierten Kassetten fein präparierte Käfer- und Heuschreckensammlungen, Feuchtpräparate von Meeresalgen, deren Arme bei den kleinsten Erschütterungen zitterten, Modelle von Blumen und Nutzpflanzen in verschiedenen Keim- bzw. Entwicklungsstadien, teils so stark vergrößert, dass sie völlig abstrakt erschienen, außerdem geometrische Modelle aus Bakelit oder Karton von bis zu einem halben Meter Größe, Kristall- und Molekülmodelle aus Holz und Eisen, Crookessche und Geißlersche Röhren, Voltasche Säulen und Wimshurstmaschinen, Theodoliten und Nivelliergeräte und für den Blick in die kleine Unendlichkeit historische Mikroskope, für den in die große Fernrohre, Tellurien, Himmels- und Sternkarten. Das

jüngste Objekt war ein Mondglobus aus dem Jahr 1963 mit leerer, weil bis dahin noch nicht kartographierter Rückseite.
An manchen dieser Objekte hatte Robert ein gewisses Forschungsinteresse, sie waren eine Art dinglicher Handapparat seiner theoretischen Arbeit. Die meisten hatten bloß Wunderkammerwert. Wunderwohnungswert. Denn sie hatten Julies Zimmer längst ebenso in Besitz genommen wie die beiden ehemals leeren Räume, lagerten mittlerweile sogar in der Küche. Robert hing an jedem einzelnen Stück, hatte die Wohnungstür ihretwegen zuletzt mit Balken und Sicherheitsschlössern versehen. Um sie vor Diebstahl zu schützen, aber mehr noch vor Vandalismus. Die Vorstellung, jemand könnte seine Sammlung sinnlos beschädigen oder zerstören, regte ihn körperlich derart auf, dass ihm schlecht wurde.
Ein Kollege, mit dem er sich unlängst über die zunehmend brüchigere ontologische Mauer zwischen Sein und Ding unterhalten hatte, die Schwierigkeit, sich den Dingen als Dingen anzunähern, meinte, als er ihm davon erzählte, er hätte ein naives Verhältnis zur Gewalt, und fragte ihn lächelnd, wann er sich zuletzt geprügelt hätte.
Es habe ihn noch nie jemand herausgefordert, nicht einmal als Junge.

Als Robert also am Dienstagmorgen in die Rue des Troglodytes einbog, war es kurz nach neun. Er war mit dem Rad gekommen, weil er damit im Frühverkehr am schnellsten war, auch bei Schneeregen, der die Fahrbahnen matschig machte, und trotz der kalten, feuchten Luft.

Schon von weitem bemerkte er den Sperrmüllcontainer vor dem Haus. Vor ein paar Tagen hatten da noch Autos geparkt. Robert kam zwei Mal die Woche in seiner alten Wohnung vorbei. Wenn T länger in Paris blieb, lebte er hier.

Er schulterte das Rad. Meist nahm er es in die Wohnung mit. Außer wenn es verdreckt war. Doch die Stelle, an der er es dann anhängte, blockierte der Container. Auch im Hausflur konnte er es nicht lassen. Das große Tor stand offen. Robert verband die auffällig grüne Farbe, mit der es an der Außenseite gestrichen war, so sehr mit seiner Wohnung, dass nicht von ihr begrüßt zu werden, ihm wie eine Warnung schien.

Er hatte gerade seine nasse Jacke ausgezogen, an die Objekte in Julies Zimmer gedacht, weil die eingestürzte Wand direkt darüber lag, da läutete es. Das Gesicht des Nachbarn war braungebrannt, er war jung, businesslike gekleidet, trug keine Krawatte, aber die typische Schweizer Sechs-Zeiger-Uhr eines Bankers. Sie war Robert sofort aufgefallen, weil er bei Männern immer zuerst auf die Hände sah. Seine, fand er, waren die eines Hochstaplers.

Der Nachbar klopfte ihm kumpelhaft auf die Schulter, tat, als ob sie sich von irgendwoher kannten, erkundigte sich, was er sammelte, erzählte, dass es bei ihm Autos und Frauen waren, also Letztere natürlich nur bis zu seiner Hochzeit. Haha. Sobald er merkte, dass die joviale Art bei Robert nicht verfing, wechselte er so selbstverständlich den Ton, wie er wenig später einfach nach dem Wohnungsschlüssel in der Schale griff und seiner Frau die Tür öffnete. Auch sie war jung. Modeblogmäßig gekleidet und derart mit ihrem Handy beschäftigt, dass sie im Vorzimmer gegen Roberts Rad lief. Es fiel um. Statt es aufzustellen, stieg sie darüber weg und trat dabei gegen den Lenker. Der Nachbar verschwand erst im Gästekabinett, dann in der Küche, dem Bad, als wäre er auf einer Besichtigung. Robert folgte ihm. Schäden? Er entdeckte keine. Das machte ihn misstrauisch. Als der Nachbar sich schließlich an ihm vorbei in Julies Zimmer drängte, wurde es ihm zu viel. Der Verdacht, die Wand könnte nur ein Vorwand gewesen sein, um in die Wohnung zu kommen. Aber wofür? Außer der Sammlung gab es nichts zu holen, und wissenschaftliche Instrumente waren sicher das Letzte, wofür diese Leute sich interessierten.

Robert erklärte, die Sache habe sich für ihn erledigt, da rief ihn der Nachbar zu sich. Seine Stimme klang ernst, fast betroffen. Robert fürchtete, dass bei Julie die halbe Decke am Boden lag, aber da war nichts. Kein neuer Riss im Verputz. Nur ein bisschen weißer Staub auf einem Regal. Sein Misstrauen wuchs.

Wie es seiner Schwester denn so gehe, ob sie immer noch Kunst mache.

Robert erstarrte. Kannte der Nachbar Julie? Dann fiel sein Blick auf die alte Ausstellungseinladung. Der Nachbar hatte seinen Fuß daraufgestellt, kickte sie unters Bett. Meinte amüsiert. Er habe sie drüben auf dem Schreibtisch gefunden und den Verwandtschaftsgrad am Nachnamen erraten. Dann begann er das Zimmer zu fotografieren. Er hatte schon von der Küche ungefragt Fotos gemacht. Robert packte ihn am Arm und riss ihm das Smartphone aus der Hand. Das Display zersplitterte, als es auf dem Parkett aufschlug.

Die junge Frau lehnte sich im Wohnzimmer an den Steinway. Ein Flügel war keine Bar, und seiner vertrug bestenfalls die Berührung von Musikern und Noten. Robert forderte die Nachbarn auf zu gehen. Der Mann machte einen Schritt auf ihn zu. Erklärte, Robert solle sich vorsehen. Sie seien eben dabei, das ganze Haus zu kaufen, die Hälfte der Wohnungen besäßen sie schon. Und für seine interessierten sie sich ab sofort ganz besonders. Daraufhin zog die junge Frau wie zum Beweis, dass ihnen tatsächlich bereits ein Teil des Hauses gehörte, einen großen Schlüsselbund aus ihrer Handtasche. Robert sah sie erstaunt an und lachte laut los. Was für ein albernes Requisit.

Die junge Frau schien gekränkt. Sie klemmte sich drei Schlüssel zwischen die Finger, setzte sie wie Tonarme auf dem Deckel des Steinways auf und führte sie mit großem Druck im Kreis. Man hörte, wie die scharfen Kanten durch die Lackschicht tief ins Holz drangen.

Roberts Lachen erstickte. Das Geräusch nahm ihm sogar die Luft, zu schreien. Er stürzte auf sie zu. Der Nachbar stellte sich ihm in den Weg. Grinste Robert an, holte aus und schlug seiner Frau mit der flachen Hand ins Gesicht.

Solange Robert mit Julie zusammenlebte, hatte er keinen Schlüssel gebraucht. Denn immer war jemand da. Verbrachte irgendwer die Nacht bei ihnen. In manchen Wochen trafen sie Morgen für Morgen in der Küche auf Leute, die sie nicht kannten. Viele blieben. Einige für länger. Monate. Eine Handvoll für ein Jahr.

Es gab da zwei Fotos, die einer von ihnen Ende der Neunziger gemacht hatte. Das eine zeigte Robert und

Julie Arm in Arm in ihrer Straße, das andere in größerer Runde in einem Lokal. Die Art, wie man sie ansah, sich nach ihnen umdrehte. Als wären sie zusammen eine Kraft anderer Art. Der Fotograf hatte das so formuliert. Er hatte sich damals zugleich in Robert und seine Schwester verliebt. Als Robert die Fotos aufhob – der Nachbar hatte sie mit der Einladungskarte vom Schreibtisch gewischt –, provozierte es ihn, wie gut er neben Julie aussah. Dass er so strahlen konnte. Vor Jugend, Selbstsicherheit und Glück. Und warum auch nicht. Er stand damals mit neunundzwanzig kurz vor der Veröffentlichung seines ersten Buches, einer Weiterführung seiner bereits viel zitierten Dissertation. Wurde eingeladen, gefördert. War begehrt. Die Zukunft gehörte ihm. Drei Jahre später war er Maître de conférences an seiner Wunschuniversität. Der Gipfel.

Manchmal, wenn Julie nicht schlafen konnte, war sie nachts in sein Zimmer gekommen. Er sei ein so tiefer Schläfer, dass sie ruhiger würde, wenn sie neben ihm lag. Robert merkte immer, wenn Julie da war, weil er in ihrer Gegenwart anders träumte und mit dieser Zuversicht erwachte, die ihn tagelang über sich hinauswachsen ließ.
Als Julie zu studieren begann, verschob sich langsam etwas zwischen ihnen.
Bis Robert eines Abends mit ihr eine Grenze überschritt.

Ein paar Freunde waren nach einem gemeinsamen Ausstellungsbesuch bei ihnen hängengeblieben. Man war hungrig geworden. Hatte in der Küche aber außer einer Packung Cracker nichts Essbares gefunden. Als plötzlich ein sperlinggroßer Falter wie manisch gegen das Küchenfenster flog, brachte O das Gespräch auf Ortolane und erzählte diese Servietten-Geschichte. Danach hatte niemand mehr Appetit. O war jemand, den Robert lange vor Julie kannte. Sie war die Freundin jener Freundin, die ihn mit zwanzig nach dem Rausschmiss seiner Mutter bei sich aufgenommen hatte.

O hatte eine Tante, die in der Nähe von Bordeaux lebte. Als Kind verbrachte O öfter die Herbstferien bei ihr. Als die Tante eines Abends Gäste erwartete, schickte sie O früher als sonst zu Bett. O war ihr böse, und weil sie nicht allein sein wollte, schlich sie nach einer Weile zum Esszimmer hinüber. Öffnete leise die Tür. Nur einen Spalt. Was sie sah, erschreckte sie zu Tode. Es saßen Geister am Tisch ihrer Tante, Wesen, die ihre Köpfe unter weißen Tüchern verbargen und sich unnatürlich tief über ihre Teller beugten. Statt zu reden, machten sie knackende und schmatzende Geräusche. Schließlich schrie O vor Angst auf. Da hob sich eines der Tücher und brachte den Mund ihrer Tante zum Vorschein. Zwischen ihren Lippen das Köpfchen eines Vogels. Es hatte den Schnabel wie zum Kuss leicht geöffnet.

O dachte damals, sie hätte ihre Tante bei etwas ertappt, das Kinder nicht sehen sollten, etwas, das mit Schmerz verbunden war, und wollte ihr nicht glauben, dass sie und ihre Gäste freiwillig kleine Vögel aßen. Dabei wusste sie gar nicht, was man einem Ortolan antat, damit er genießbar wurde.

Hatte man einen gefangen, hielt man ihn im Dunkeln oder stach ihm die Augen aus, weil ihn die Finsternis so

verwirrte, dass er ständig fraß. War er nach etwa vierzehn Tagen fleischig genug, wurde er in Armagnac ertränkt und in Fett herausgebraten. Man verspeiste einen Ortolan, indem man ihn als Ganzes in den Mund nahm und zerkaute. Die Serviette, die man sich zuvor über den Kopf warf, verhinderte, dass Aromen entwichen, und bewahrte die Tischnachbarn vor dem unschönen Anblick, den man beim Verzehr dieses Vogels bot.
Aus ihrer Runde hatte nur ein einziger je einen Ortolan gegessen. Er beschrieb seinen Geschmack als Mischung aus trockenem Moos, Alkohol und Blut, weil die Knochen des Vogels, als er sie zerbiss, ihm den Gaumen verletzten.

Julie wollte danach noch weg. Sie hatte einen Anruf bekommen und sich verabredet. Als sie Robert bat, ihr das muschelweiße Schaltuch zu bringen, das in ihrem Zimmer lag, war sie schon draußen im Flur. Eine Studienkollegin hatte es für sie entworfen.
Julies Ungeduld reizte Robert. Als sie die Hand nach dem Schaltuch ausstreckte, warf er es in die Luft.
Robert und Julie küssten sich oft. Aus Freude, um einander zu trösten, zur Begrüßung, zum Abschied.
Immer erst auf die Wange, dann auf den Mund. Die Wange für die Freundschaft, den Mund für das Blut, das sie verband.
Julie fing das Tuch. Robert küsste sie auf die Wange. Entriss es ihr wieder. Breitete es aus. Sie griff danach. Da warf er ihr das Tuch über den Kopf. Nein, nicht wie einen Schleier. Wie eine Serviette. Julie lachte. Hob es an. Robert schlüpfte darunter. Und küsste sie auf ihren

von einem Cracker noch leicht salzig schmeckenden Mund.
Sie taumelten, stießen gegen eine Wand. Julie legte ihm eine Hand in den Nacken und er ihr einen Arm um die Hüfte. Sie packten sich.
Er hielt sie noch, als sie das Tuch schon weggezogen hatte. Sah überrascht auf ihre rot-verschmierten Lippen, das T-Shirt, das ihr über die Schulter gerutscht war, den lose gewordenen Zopf. Als verstünde er immer noch nicht.
Dabei hätte er sich nur fragen müssen, seit wann es ihn irritierte, sich vor ihr umzuziehen, warum er nicht mehr ins Bad ging, wenn er wusste, dass sie in der Wanne lag. Aber es war ihm ja noch nicht einmal aufgefallen, dass er keine Beziehung mehr gehabt hatte, seit er mit Julie zusammenlebte, und nie mit Frauen schlief, die ihr ähnlich waren.
Julie wischte sich mit dem Tuch den Mund ab. Gab es Robert zurück und ging. Auf dem Stoff waren Spuren von Lippenstift und Blut. Julies spitze Eckzähne hatten ihm die Unterlippe aufgerissen.
Robert blieb im Flur. Solange er einen Steifen hatte, konnte er nicht zu den anderen zurück.

Gegen Ende des Sommers zog Julie nach London, dann wurde ihre Mutter krank, und sie folgte ihr nach Wien. Robert hatte Julie ein paar Mal in Wien besucht. Hier hatte er sie zum letzten Mal geküsst. Nachts. In ihrem Studio. Er lag halbnackt mit ihr im Bett. Zwischen ihnen eine Frau. Julie war nicht dazugekommen, sie zu fragen, wie sie hieß, und die Frau selbst hatte, nachdem sie frühmorgens zu dritt aus dem Taxi gestiegen waren, nur mehr zwei Sätze gesagt. Den ersten, als er sich nach diesem Kuss von hinten über sie beugte. Da erklärte sie, sie wolle beim Ficken nur zusehen. Vor dem zweiten hatte sie sich aufgesetzt. Ihr Blick wanderte eine Weile zwischen ihm und Julie hin und her. Dann fragte sie: „Wenn ihr kein Paar seid, was seid ihr dann?“ und sprang auf.

Julie warf Robert aus ihrem Studio, und er saß bis zum Sonnenaufgang in einem Park in der Kälte. Reiste schließlich früher aus Wien ab. Wochenlang hörte er nichts von ihr.

Dann stand Mona in der Küche der Rue des Troglodytes.

Er war gerade erst nachhause gekommen, hatte sich Tee gemacht und sah ein Skript durch. Die Nacht zuvor hatte er bei einer Bekannten verbracht.

Mona wirkte verloren. Sie war anders, als er erwartet hatte. Er konnte sich nicht erklären, was Julie an ihr fand. Julie hatte ihm von ihr erzählt. Auch, dass sie verliebt war. Deshalb hätte er Mona nach ihr fragen müssen, herausfinden, was zwischen ihr und Julie vorgefallen war. Aber er bot ihr nur eine Tasse Tee an. Und Stunden später fickte er sie.

Am nächsten Morgen ging er in Julies Zimmer. Mona schlief noch. Er starrte auf die Scherben der unförmigen grünen Vase. Julie war also da gewesen. Hatte ihn und Mona gesehen. Die Vase zerschmettert. Er ahnte, was das hieß. Es hätte ihn betroffen machen müssen, doch er fühlte sich seltsam erleichtert. Dachte an die „guest lecture“, die er halten würde. Freute sich auf die

Reise. Erst als er die Stewardess mitten über dem Atlantik nach etwas Obst fragte und sie ihm einen schief gewachsenen, grünen Apfel an den Sitz brachte, hätte er heulen mögen.
Julie hatte die grüne Vase in einem Hauseingang gefunden. Sie war das erste Ding, das sie in ihre Wohnung brachte.

Robert füllte den leeren Platz auf dem Regalbrett später mit Noten. Darunter auch Olivier Messiaens „Catalogue d'oiseaux", eines der letzten Stücke, an denen er gearbeitet hatte, bevor er das Konservatorium verließ. Er wünschte, Julie hätte ihn damals spielen gehört.
Als er mit ihr in die Rue die Troglodytes gezogen war, hatte er sich nicht getraut, seine Mutter um den Steinway zu bitten. Dann hatte sie ihn von sich aus geschickt. Monate später. Wer ihr erzählt hatte, dass er mit seiner Halbschwester zusammenlebte? Robert war zufällig zuhause, als der Flügel unangekündigt geliefert wurde. Die Männer, die ihn hochschleppten, überbrachten auch einen Brief. Adressiert an Julie. Seine Mutter schickte *ihr* das Klavier. Nicht ihm. Julie schenkte es ihm noch am selben Tag. Was in dem Brief stand, wollte er nicht wissen.
Robert spielte keinen Ton mehr. Manchmal ließ er befreundete Musiker auf dem Steinway üben.

Am Dienstagvormittag – die Nachbarn waren gegangen – kam ihm plötzlich das Motiv des Ortolans aus Messiaens „Katalog der Vögel" in den Sinn. Er stand im Vorzimmer, hatte sein Rad schon auf der Schulter.

Da stellte er es wieder ab. Und tat, was er lange nicht mehr getan hatte. Er setzte sich ans Klavier.
Doch statt zu spielen, rief er Julie an.
Larissa hatte ihm ihre Nummer noch auf dem Walk gegeben.

Bevor Robert klar wurde, wie spät es in New York war, verschwand der Freiton, es klickte und Julie hob ab.
Seine Haut brannte, als er ihre Stimme hörte. Doch alles, was er sagte, war: „C'est moi…“
Julie sagte erst nichts, dann: „Ah, Robert…“ Sie fragte, ob sie ihn zurückrufen könne, weil sie gerade aus der Dusche käme.
Robert wartete. Nach zwanzig Minuten meldete sie sich, um zu erklären, sie habe nicht viel Zeit. Sei schon spät dran. Ein Termin.
Mitten in der Nacht? Robert glaubte ihr nicht. Und wenn sie gar nicht in New York war?
„Où es-tu donc?“, fragte Robert.
Ein Signalton, der anzeigte, dass Julie einen weiteren Anruf erhielt, unterbrach ihr Gespräch. Julie bat Robert, dranzubleiben, antwortete aber schnell noch: Wien.
Als nächstes hörte er: Larissa. Julie musste unabsichtlich auf Conference Call gedrückt haben, als sie zu Larissas Anruf gewechselt war.
Larissa kam gerade aus Anns Galerie, berichtete, dass der Ausstellungsaufbau endlich abgeschlossen war und das „Poème noctambule"-Video jetzt im Untergeschoß lief. Es habe Ann versöhnt. Sie habe nur noch darauf gedrängt, dass Julie selbst heute noch in der Galerie

vorbeischaute. Außerdem sollte Larissa ihr ausrichten, dass Hannah sich für die Eröffnung entschuldigen und von einer ihrer Kuratorinnen vertreten ließe, beim Essen später aber dabei wäre. Robert hörte Julie, „How I hate Ann's dinners“ sagen, dann begannen Larissa und sie zu streiten.

Dabei ging es zunächst um eine Frau, die allein in einem Zimmer des Airbnb-Appartements saß. Eine junge Malerin. Sie war mit ihrem kleinen blauen Trolley am Vorabend heulend vor der Tür gestanden.

Während Larissa am Wochenende erst zu ihrer Großmutter nach Warschau und Montagvormittag weiter nach Paris gereist war, um bei den letzten Überarbeitungen des Videos dabei zu sein, hatte Julie diese Malerin kennengelernt und nach Wien eingeladen, doch noch auf dem Flug jegliches Interesse an ihr verloren und sie, kaum dass sie gelandet waren, zu Larissa und den anderen geschickt. Sie selbst hatte in einem Hotel in der Innenstadt eingecheckt, Larissa getextet, dass es ihr leid täte, sie aber unbedingt wieder einmal eine Nacht durchschlafen müsse. Und ihr Handy abgedreht.

An diesem Punkt wurde das Gespräch laut. Larissa erklärte, dass sie es ein für allemal satt habe, ihre abgelegten Lover zu trösten und tiefgekränkten Twentysomethings zu erklären, warum ihre Verliebtheit nie länger als drei Tage hielt. Abgesehen davon, dass es verdammt noch mal ihre Idee gewesen sei, hier, statt in ein Hotel, in ein Appartement zu ziehen, weshalb sie sie jetzt einfach holen käme. Wo sie denn abgestiegen sei.

Julie nannte ihr den Namen des Hotels. Und erklärte dann, in einem zärtlichen Ton, den Robert an ihr nicht kannte, dass Larissa doch wissen müsse, in was für unmögliche Situationen sie sich brächte, wenn sie nicht bei ihr war. Larissa schien besänftigt, erinnerte Julie an einen Interviewtermin. Als Julie den verschoben haben wollte, meinte Larissa, sie wäre ohnehin gleich da, und legte auf.

Julie seufzte und holte Robert zurück in die Leitung.

Er beeilte sich, ihr von der Konferenz zu erzählen. Denn ihm kamen unwillkürlich Bilder von sich und Larissa in den Sinn. Als Julie fragte, wie lange er in Wien bleiben würde, war er sicher, dass sie von Larissa und ihm wusste. Denn sie stellte die Frage auf Deutsch. Julie hatte früher nur, wenn sie sehr wütend gewesen war, Deutsch mit ihm gesprochen. Umso mehr überraschte es ihn, als sie ihm schließlich ein Treffen vorschlug. Bei ihr. Morgen. Sobald er ankam.

Robert erkundigte sich nach ihrer Adresse.

Elisabethstraße 27.

***

Für Mittwochabend war Robert verabredet. Q hatte ihn und zwei weitere Vortragende zu sich nach Perchtoldsdorf zum Essen eingeladen. Eine Begrüßungsfeier in kleinem, ausgewähltem Kreis. Jedenfalls hatte Robert das so verstanden. Als er sich gegen halb sieben auf den Weg machte, war er schlecht gelaunt. Der Stoff aus der Bong. Denn er sah sie immer noch. Maschinenelfen. Robert vermutete, DMT geraucht zu haben, obwohl er wusste, dass die Wirkung von Dimethyltryptamin nur kurz anhielt und diese späten Flashs nicht erklärte.

Die frische Luft tat ihm gut.

Der Himmel zeigte sich sternenklar, und Robert dachte an Nietzsches Fabel vom klugen Tier, das auf einem abgelegenen Planeten das Erkennen erfand und mit ihm starb, das Pathos der Mücke und den Satz über den stolzen Philosophen, der die Zwecklosigkeit seines Intellekts verdrängend, die Augen des Weltalls von allen Seiten teleskopisch auf sein Handeln und Denken gerichtet sah.
Robert hatte sich Anfang der Nullerjahre verstärkt mit technokulturellen Motiven zu beschäftigen begonnen, die einem Diskurs entstammten, dem zuletzt breite Aufmerksamkeit zuteil wurde. Post- bzw. Transhumanismus. Wie er die Grenzen ontologischer Kategorien verschob, etwa zwischen Gezeugtem und Konstruiertem, Blut und Strom, Nervenverbindungen und elektronischen Steuerungssystemen, dabei sozial progressiv oder regressiv war, schien noch nicht entschieden. Schrieb Q. Im Ankündigungstext der Konferenz, den er Robert gemailt hatte.

Qs Frau hatte in Perchtoldsdorf ein Haus geerbt. Robert dachte, er wäre zu weit gefahren, als er an der Endhaltestelle aus der Straßenbahn stieg. Den mondänen Vorort, den Q ihm beschrieben hatte, hatte er sich anders vorgestellt. Was er im Dunkeln sah, war dörflich und ziemlich bieder. Als er mit Q beim Aperitif zum Vapen auf die Terrasse ging, erzählte der ihm von seiner Hochzeit auf Sardinien. Vielleicht hoffte er, es würde die Anwesenheit seiner Schwiegereltern entschuldigen, die zum Essen bleiben wollten. Aber das tat es nicht. Denn die beiden Kollegen hatten bereits vor Tagen abgesagt, der, für dessen Arbeit sich Robert gerade sehr interessierte, weil er krank geworden war und nicht zur Konferenz nach Wien kam, und der andere, weil er erst am nächsten Tag anreiste. Robert verabschiedete sich noch vor dem Kaffee. So war er schon kurz nach halb zehn zurück im Hotel.

Er hätte an seinem Vortrag arbeiten können, aber sein Zimmer war ein viel zu hässlicher Ort für gute Gedanken, und noch auszugehen, darauf hatte er keine Lust. Er öffnete die Minibar. Trank ein Bier. Versuchte zu lesen. Kurz vor Mitternacht schrieb er ein Mail an T. Um ein Uhr sah er sich einen Porno an. Um drei war er hellwach. Um vier zog er sich um. Beschloss, noch ins Fitnesscenter zu gehen, das in der Informationsmappe des Hotels, die er zuvor halb aus Langeweile, halb aus Trotz durchgeblättert hatte, unter „Amenities" aufgelistet war.

Das Fitnesscenter lag im Souterrain. Da Robert in engen Aufzügen Platzangst bekam, nahm er die Treppe. Das Souterrain war ein Keller, niedrig und dunkel, der Geruch von Gummi und Schweiß ziemlich penetrant. Robert machte das Licht an.
Ein schmaler Raum. Es gab drei Trainingsgeräte, ein Laufband, eine Kraft-Bank und ein Rad. Der Rest war bloß Spiegelung. Robert hatte im ersten Aufflackern der Neonröhren an ganze Reihen von Laufbändern geglaubt, bis er sich selbst sah, doppelt und dreifach, mit

weißem Handtuch über der Schulter in der offenen Tür stehend. Und doppelt und dreifach erschien auch der Wald, der links und rechts hinter ihm aus der Mauer wuchs, eine Landschaftstapete, die an der Rück- und einer Seitenwand klebte und außer Bäumen seitlich auslaufend noch eine Wiese zeigte. Ihre Farben waren unwirklich grell, Gräser und Blätter schimmerten dunkelgelb oder hellblau. Wie jemand annehmen konnte, sie ließen einen den Keller vergessen? Robert hatte die Fensterlosigkeit eines Raums nie stärker gespürt.

Er entschied sich fürs Rad, wischte mit dem Handtuch über Sattel und Lenker und suchte auf seinem Handy nach passender Musik. Ohne sie hätte er nicht bleiben mögen. Seine Wahl fiel auf „Tristan“, ein sechsteiliges Werk für Orchester, Klavier und Tonbänder von Hans Werner Henze, das Liebeserklärung und Requiem zugleich war, Kinderstimme und Herzschlag hören ließ. Beim ersten Ton trat er los und fuhr, neu gekaufte High-end-Stöpsel im Ohr, die 43 Minuten, die das Stück dauerte, in hohem Tempo tief in den Tapetenwald hinein. Danach lief er die Stiegen hinauf zu seinem Zimmer.

Gegen fünf Uhr schlief er endlich ein.

Warum Q ihn ausgerechnet in diesem Hotel unterbrachte? Eigentlich hatte er Robert eingeladen, bei sich zu wohnen. Die Vorstellung, Q beim Frühstück gegenüberzusitzen, hatte Robert erklären lassen, er käme lieber in der City unter. Das Angebot, ihn mit dem Auto vom Flughafen abzuholen, zog Q daraufhin zurück.

Das Hotel lag in der Nähe des Westbahnhofs, also nicht unbedingt zentral, das Gebäude war ein stilloser

Klotz. Das Hotel empfahl sich für Robert nur durch seinen Namen. Es trug den eines Vogels mit langem, nach unten gebogenem Schnabel, Titel eines Fluchgedichts von Ovid, aber auch Symbol des altägyptischen Gottes Thot, Gott des Mondes, der Schreiber und der Wissenschaft. Und durch eine praktische Kleinigkeit, den Wasserkocher auf der Kommode neben dem Bett und den zwei Briefchen Instant-Kaffee. Am Donnerstagmorgen verbrauchte Robert beide, weil es nur bis 9.30 Uhr Frühstück gab. Dabei war er bereits kurz vor sieben aufgeschreckt, ein schrilles Geräusch, das bald von selbst verschwand. Er war wieder eingeschlafen, bevor er eine Erklärung dafür hatte.
Robert setzte sich an den schmalen Schreibtisch, der schräg zum Fenster neben der Kommode stand, öffnete den Laptop. Checkte seine Mails. T hatte geantwortet. Sie bat ihn, ihr ein Kapitel aus einem Buch zu kopieren, das sie heute noch in der Nationalbibliothek ausheben ließ. Robert dachte an ihren Mund, die Form die er annahm, wenn sie ihn blies.
Sonst ein paar Anfragen von Studenten, ein Reminder der Institutssekretärin, die Einladung zu einer Buchpräsentation und ein neues Mail von Q. In der Betreffzeile schrieb Q etwas von einem „Zeitungsartikel“. Robert nahm an, es ginge um die Konferenz, aber der Artikel handelte von Julie.

Qs Frau hatte ihn am Vorabend gefragt, ob er zufällig mit der Künstlerin „Leyroux“ verwandt sei. Und auf seine Bestätigung hin erklärt, sie arbeite im Bereich Client Advisory Services im Dorotheum. Der Name

Leyroux sei ihr seit der Auktion im letzten Herbst ein Begriff. Die Silberschale. „Kaviar Massaker".
Robert bedauerte. Er kenne diese Arbeit seiner Halbschwester nicht.
Sie war damals das Highlight der Auktion. Die Silberschale groß auf dem Cover des Katalogs abgebildet. Ob er ihn sehen wolle? Sie habe bestimmt ein Exemplar hier.
Robert nickte. Was sollte er sonst tun.
Doch Q hielt seine Frau ab, danach zu suchen.
Trotzdem erzählte sie. Der Katalog war wie üblich an wichtige Kunden verschickt worden. Ein älterer Mann meldete sich bei ihr. Er behauptete, die Schale gehöre ihm. Die Künstlerin hätte sie ihm vor über einem Jahrzehnt gestohlen. Das klang zunächst ziemlich verrückt. Zumal die Schale an sich keinen großen Wert hatte. Doch der Mann konnte seinen Besitzanspruch schließlich mit einem Foto untermauern. Es zeigte die Ecke eines Wohnzimmers, an der Wand eine Vitrine, darin die Silberschale. Sie glich dem Auktionsobjekt bis ins Detail. Markante Kratzer waren deutlich zu erkennen. Als Qs Frau ihn direkt an die Künstlerin verwies, hatte der Mann sich bereits einen Anwalt genommen. Tage später gab er seinen Anspruch plötzlich auf. Er wollte das erst nicht begründen. Schließlich brachte Qs Frau ihn doch dazu.
Die Schale war ein Erbstück. Der Mann hatte sie seiner einzigen Tochter zur Firmung geschenkt. Bis Ende der Neunziger stand sie in der Vitrine des Wohnzimmers vom Foto. Dann zog die Tochter aus und nahm sie mit. Sie lernte Julie kennen. Als die nach einer Silberschale

suchte, überließ sie ihr das Stück. Kurz zuvor hatte sie ihr Coming-out. Und ihrem Vater von Julie erzählt. Eine lesbische Tochter akzeptierte er nicht. Er brach den Kontakt ab. Verbat auch seiner Frau, sie zu treffen. Sie hatte sich später von ihm getrennt und sich mit ihrer Tochter versöhnt. Er nicht. Bis vor ein paar Monaten. Da hatte er es vorgehabt. Es hatte ihn viel Zeit gekostet, in Erfahrung zu bringen, wo sie jetzt lebte. Als er ihre Adresse endlich hatte, verunglückte sie. Ein Freizeitunfall. Wie sich herausstellte, lag ihr Tod zu dem Zeitpunkt, da der Auktionskatalog fälschlicherweise in seinem statt im Briefkasten des Nachbarn gelandet war, nur Wochen zurück. Es wäre einfach mit ihm durchgegangen, als er die Schale auf dem Cover sah.

Robert gefiel diese Anekdote nicht. Als Qs Frau sich erneut anbot, das Katalogexemplar zu suchen, verabschiedete er sich. Und jetzt schickte Q ihm also diesen Artikel, oder besser den Link zu einem Artikel, einem Interview mit Julie. Bestimmt war es nett gemeint. Egal. Es regte Robert auf. Wie so vieles, was Q schrieb, tat oder sagte. Wie seine Schwiegereltern, seine Frau. Warum sonst war er ihm gestern mit dieser Arroganz begegnet, die er an sich nicht kannte. Denn eigentlich war Robert nicht der Typ, der es nur schwer aushielt, einmal nicht im Mittelpunkt zu stehen, jemand, der ständig bemüht war, sich abzugrenzen und dabei mit jedem zweiten Wort auf seine Leistungen verwies.
Bis zu diesem Essen, da hatte er mit Q die Rollen getauscht. Es begann auf der Terrasse. Wo Robert Qs letztes Buch verriss, nicht ohne ihn auf die Arbeit einer

Kollegin hinzuweisen, die ihm in vieler Hinsicht differenzierter schien. Als Q von einem Urlaub in Barcelona erzählte, empörte Robert sich über Intellektuelle, die wider besseres Wissen in Städte reisten, die an Overtourism und explodierenden Mieten krankten. Er mokierte sich über Carsharer, sobald Q bekannte, dass er seit Jahren kein eigenes Auto mehr besaß, lobte ein Steak-Restaurant, als Q erklärte, dass er seit kurzem, wie Robert selbst, Pescetarier war, redete einer neuen Fitness-App das Wort, von der er nichts hielt, und breitete sich zuletzt über den kulturstiftenden Wert von Frisören aus, weil Q einen Freund erwähnte, der sich seine Haare selbst schnitt.

* * *

Robert stand auf. Der Blick aus dem Hotelzimmerfenster ging auf eine dicht befahrene Straße. Er zog den Vorhang zu und klickte den Link an.

Julie Leyroux – Warum ihre Kunst so aufregt und sie selbst dahinter so ungreifbar bleibt.
Gespräch anlässlich der Eröffnung ihrer Ausstellung in der Galerie „Zimmer, Küche, Bad in Arkadien“, Jänner 2016, Wien.

Letztes Jahr hat es Julie Leyroux erstmals in die vorderen Ränge der Power- und Influencer-Listen der wichtigsten Kunstmagazine geschafft. Damit ist offiziell, Julie Leyroux zählt zu den bekanntesten und kontroversesten Konzeptkünstlerinnen ihrer Generation. Auf ihre Arbeiten reagiert man mit Wut oder Begeisterung, und wer Julie Leyroux je gegoogelt hat, weiß, genauso wie ihre Kunst provoziert auch ihre Person.

Was sich sonst noch mit Bestimmtheit über Julie Leyroux sagen lässt, ist nicht viel. Das liegt auch daran, dass sie immer seltener Interviews gibt. Ob aus Kalkül oder Überzeugung. Der Effekt gibt ihr in jedem Fall recht: Denn je weniger Julie Leyroux selbst über sich und ihre Kunst spricht, umso mehr wird allerorts über sie geredet und geschrieben. Über ihre politische Dringlichkeit. Ihre Radikalität. Ihre ästhetische Kraft. Und zugleich. Über ihre Exzesse. Ihre Schönheit. Ihr Charisma. Denn auch ihr Leben scheint vielen Konzept, ebenso rücksichtslos und herausfordernd wie ihre Arbeit. Das kann man mögen oder nicht, gut und richtig finden oder nicht.

Die, die es mögen, feiern Julie Leyroux nicht bloß als Künstlerin, sondern als queer-feministische Ikone, Vorkämpferin eines neuen weiblichen Selbstverständnisses. Die, die es nicht mögen, nennen es „unartige Mädchen-Attitüde“ und werfen ihr zugleich vor, ein anachronistisches Klischee zu sein und die Jugend zu verderben.

Doch beide erzählen, dass es Nachmittage gibt, an denen ganze Gruppen selfiehungriger Fans vor Julie Leyroux’ Studio in Brooklyn darauf warten, sie kurz zu sehen.

Auch mich lässt Julie Leyroux warten. Sie kommt weder zum ersten noch zum zweiten vereinbarten Termin. Dabei schien der Weg zu ihr und diesem Interview anfangs überraschend unkompliziert. Eine Anfrage in der Galerie. Ein Rückruf ihrer Assistentin. Die Zusage.

Beim ersten Termin warte ich im Foyer eines bekannten Wiener Innenstadthotels. Dort treffe ich nur Julie Leyroux' Partnerin Larissa.
Beim zweiten warte ich in einem kleinen Steh-Café, unweit der Akademie. Dort treffe ich nicht einmal sie.
Ich spreche Julie Leyroux erst einen Tag später. Vormittags gegen halb elf. Wirklich erwartet werde ich auch bei diesem Termin nicht. Denn als ich kurz nach zehn klingle, schläft die Künstlerin noch. Ich erkundige mich nach Larissa. Man führt mich zu ihr.
Die Räume des Penthouse-Appartements sind groß, chaotisch, aber instagramtauglich. Die Leute, denen ich darin begegne, sind es auch. Ich sehe Hipsterbärte und hohe, glänzende Schuhe, geschminkte Männeraugen und Frauenarme mit geometrischen Tattoos, rieche Alkohol und Gras.
Doch wer jetzt denkt, das Phänomen Julie Leyroux bereits erfasst zu haben, und sich vorschnell auf die Seite des „anachronistischen Klischees" schlägt, dem sei gesagt, ja, es geht auch anders. Nüchterner. Einfacher. Besser, professioneller, nein, das nicht.

Ein Beispiel. Mein vorletztes Interview. Es fand im Büro einer Art Agency statt. Ein junger, abstrakter Maler. Meine Fragen erwartungsgemäß nicht sonderlich kontroversiell. Trotzdem wollte man sie im Vorfeld sehen, ersuchte mich, das Interview auf zwanzig Minuten zu beschränken und den Künstler nicht zu fotografie-

ren. Jede Art von Bildmaterial würde mir zur Verfügung gestellt.
Das Ergebnis: ein nichtssagendes Gespräch. Ein glattretuschiertes Foto.

Das Interview mit Julie Leyroux hingegen zählt zu den interessantesten und pointiertesten, die ich je geführt habe, und jedes einzelne Foto, das während der gut fünfzig Minuten entstanden ist, die ich mit ihr verbrachte, hat das Zeug zum Kult.

Aber zunächst noch einmal zurück an den Anfang, ins Vorzimmer des Appartements, zu den Leuten und der Musik und von da weiter zu Larissa. Ich folge ihr in die Küche. Es ist der ruhigste Raum. Wir setzen uns an einen Tisch.
Und dann steht Julie Leyroux in der Tür. Bloßfüßig. Mit wilden Haaren. In einem tief ausgeschnittenen, schwarzen Sakko. Von den zwei Knöpfen in Bauchhöhe ist nur einer geschlossen. Am Tisch wird es sehr still.
Julie Leyroux hebt langsam den Kopf. Den Blick, den sie uns aus dunkel umrandeten Augen zuwirft, sollte man rahmen können, der Bewegung, mit der sie sich eine Zigarette anzündet, applaudieren. Julie Leyroux tut, was sie tut, mit einer Lässigkeit, die so selbstvergessen ist, dass man sich ihr ergeben muss. Sagt der Fotograf, der mich zu diesem Termin begleitet hat. Und dass, wäre Julie Leyroux ein Guru, er sich ihr sofort anschließen würde.

Bevor wir über die neue Serie hermetischer Objekte reden, die Sie ab morgen in Wien zeigen, würde ich mit Ihnen gerne eine social sculpture diskutieren, die Sie 2008 am Höhepunkt der Wirtschaftskrise auf Einladung der Whitney-Biennale in New York realisiert haben. Sie trägt den Titel „Profligates (Un)limited" und markiert in Ihrem Werk einen Wendepunkt. Zugleich gilt sie als eine Ihrer umstrittensten Arbeiten.
Sie haben damals eine Etage in einem zwangsvollstreckten Bürogebäude in der Nähe des Financial District besetzt und darin eine Art negativer Bank eröffnet.
Fotos zeigen einen funktional gestalteten Raum mit Empfang, Kassabereich und vier diskreten, mit Stellwänden voneinander abgeschirmten Kojen. PerfomerInnen laden zu Beratungsgesprächen ein. Das Produkt, das „Profligates (Un)limited" bewarb: Verschwendung als Dienstleistung.
Eine Kritikerin hat diese social sculpture angesichts der realen sozialen Not zynisch und abgehoben genannt. Was bedeutet Verschwendung für Sie?
JL: Im Wesentlichen haben wir das Setting von PU dazu genützt, genau darüber zu diskutieren, was Verschwendung eigentlich ist und welche Bedeutung diesem verfemten Teil der Ökonomie heute zukommt. Wir haben uns dabei intensiv mit der Frage beschäftigt, ob jede/r ein Recht auf Verschwendung hat, und wenn nicht, wem wir es zugestehen. Außerdem haben wir über das kreative Potential nachgedacht, das Verschwendung freisetzen kann, über die Lust, sich zu verausgaben.
Aber PU hat ja auch Taten gesetzt...

JL: Ja, das war der spielerische Part dieser Arbeit. Man konnte bei PU ein Depot eröffnen und uns Geld oder andere Ressourcen, aber auch Gegenstände zur Verschwendung überlassen, oder mit uns sogenannte Verschwendungsverträge abschließen, also sich verpflichten, an einem bestimmten Punkt in diesem oder jenem Ausmaß eine bestimmte Ressource – das konnte auch einfach nur ein bestimmtes Maß an Zeit sein – bewusst zu verschwenden.

Robert nahm einen Schluck Wasser. Das Wasser war warm und schmeckte nach Seife. Er spuckte es ins Glas zurück. Dann wandte er sich wieder dem Interview zu.

Bärbel weitete das Thema aus, wollte allgemein über das Verhältnis von Kunst und Geld reden, und Julie äußerte sich zu Millionenpreisen, Präsentationen auf Instagram und Werken, die aus Ateliers direkt in gut gesicherte Kunst-Depots wanderten.
Gegen Ende des Interviews konzentrierten sich die Fragen auf einen Bruch, der sich zuletzt in Julies Œuvre ausmachen ließ. Ihre Absage ans Politische.
„Profligates (Un)limited" markierte – Bärbel folgte da der Einschätzung einer prominenten amerikanischen Kritikerkollegin – den Gipfelpunkt jener Phase engagierter Arbeiten, an deren vorläufigem Ende ein Textbild aus dem Jahr 2013 stand. „Penthesilea Vegan." Der Slogan mit Menstruationsblut auf eine 2 x 2 Meter große Leinwand geschrieben. „Penthesilea Vegan" war 2013 auch titelgebendes Werk einer Gruppenausstellung, die durch halb Europa tourte. In dieser Zeit fand

sich die Arbeit außerdem im überraschend zum Bestseller mutierten Buch einer jungen Autorin und Aktivistin zitiert, einem Text, der sich als Weckruf verstand und gegen die Politikvergessenheit eines sich gesellschaftlich zusehends anbiedernden Hashtag-Feminismus mobilisierte.

In der Bewertung von „Poème noctambule“ gingen die Meinungen Bärbels und ihrer US-amerikanischen Kollegin schließlich auseinander. Die amerikanische Kunstkritikerin ordnete diese Performance nämlich klar jener neuen, apolitischen Werkgruppe zu, zu der sie auch die thematisch auf Dauer bzw. Flüchtigkeit setzende „Share Some Sweets With Me While I'm Away“-Serie zählte. Sie nannte diese Arbeiten ästhetisch-affirmativ. Bärbel hingegen sah in „Poème noctambule“ ein Werk des Übergangs, das beides war. Schön *und* engagiert. Letzteres, weil es sich in Zeiten von Terrorismus und Ausnahmezustand entlang der modernen, demokratisch legitimierten Freiheiten im öffentlichen Raum organisierte und damit einem durchaus politischen Gedanken folgte. Sie verortete den Bruch erst später, mit Beginn der „Share Some Sweets With Me While I'm Away“-Serie, obwohl die ersten Kästchen nicht nach, sondern bereits vor „Poème noctambule“ im Jahr 2014 entstanden.

Wie sehen Sie das selbst? Ist Ihre Kunst heute noch politisch?

Da war plötzlich wieder dieses Geräusch. Ein Knacken, dann ein hoher Ton. Es überlagerte kurz den Verkehrslärm, der trotz Schallschutzfenster ins Zim-

mer drang. Das Geräusch verschwand. Kehrte zurück, schwoll an. Und endlich war klar, was es bedeutete. Feuer. Robert packte sein Notebook, warf sich den Mantel über und rannte hinaus auf den Flur.
An der Rezeption, die er mit ein paar Gästen im Pyjama erreichte, erklärte man ihm, dass es frühmorgens in einem oberen Stockwerk zu einem folgenschweren Kurzschluss gekommen war. Ein Sprinkler in der Nähe der Aufzüge hatte sich aktiviert. Wasser gelangte in den Liftschacht und verursachte bei einigen Feuermeldern Störungen. Die Folge. Eine Reihe von Fehlalarmen. Beim siebenten verließ Robert das Hotel.

Eigentlich hatte er vor, in den Stunden, die ihm bis zum Beginn der Konferenz blieben, an seinem Vortrag zu arbeiten, für den Schlussteil, der noch komplett fehlte, die Linie zu fixieren. Egal. Zu spät war zu spät, und so unvorbereitet würde er sich wenigstens nicht langweilen, während Q die Eröffnungsrede hielt. Und das war immerhin etwas. Für den ersten Abend stand außer Qs Namen nämlich nur seiner auf dem Programm.
Es war grau, schneelos, beinahe stürmisch und kalt, als Robert kurz nach eins auf die Straße hinaustrat. Er verknotete die Enden seines Schals und stemmte sich gegen den Wind.

Als er kurz nach sieben auf dem Schillerplatz eintraf, hatte der Wind gerade ein wenig nachgelassen.
Der Platz lag im Dunkeln. Dafür brannte in fast allen Fenstern der Akademie Licht. Robert hatte das Gebäude bei seinen Wien-Besuchen nie betreten. Wenn

er Julie abgeholt hatte, hatte er im Schillerpark auf sie gewartet. Er war müde, überlegte, sich kurz auf eine Bank zu setzen. Eine Gruppe junger Leute lief an ihm vorbei, auf den Haupteingang zu. Robert beobachtete eine telefonierende Silhouette, ehe er selbst sein Smartphone aus der Tasche zog und Q anrief.
Putain de jour. Putain de ville. Er würde schon morgen, Freitag, aus Wien abreisen und T in Fribourg überraschen. Als Q abhob, hatte Robert den Schillerplatz bereits verlassen.

Q entschuldigte ihn wenig später, ohne Angabe von Gründen, und baute seine Eröffnungsrede spontan auf Vortragslänge aus, um die Programmlücke zu füllen, die Roberts Ausfall hinterließ. Die Konferenz traf einen Nerv. Sämtliche Veranstaltungen waren gut besucht.

Robert war gereizt, als er, noch mit Q telefonierend, in die Elisabethstraße einbog. Und wütend, nachdem Q aufgelegt hatte, weil die Erleichterung ausblieb, und er nicht wusste, was er tun, wohin er jetzt sollte. Er hatte das Herumgehen satt und fror. An Julies Vernissage dachte er nur kurz. Die Elisabethstraße führte direkt zum Kunsthistorischen Museum, das an Donnerstagen bis 21 Uhr geöffnet hatte. So drängte sich die Idee, es zu besuchen, schließlich geradezu auf. Museen waren Orte, an denen man zu sich kam.

Während Q in der Aula der Akademie, in der die Konferenz stattfand, vor vollen Sesselreihen das Wort ergriff, erreichte Robert die nur mehr spärlich besuchten

Säle der Gemäldegalerie. Er hatte Mantel und Tasche nicht abgeben wollen und sich deshalb erst ein kurzes Wortgefecht mit einem Security-Typen geliefert, ehe er die Stiegen hinauf, oben links durch die erste Tür in die italienische Sammlung ging. Dass er sie von der falschen Seite, nämlich vom Ausgang her betrat, bemerkte er nicht. Hätte er der historischen Linie folgen wollen, in der die Räume bespielt waren, hätte er die gegenüberliegende Tür nehmen müssen, hinter der sie mit Bildern aus der Renaissance begann. So ließ Robert die Zeit von Saal zu Saal zurücklaufen. Der erdige Geruch von Harz und Ölfarbe beruhigte ihn.

Das erste Gemälde, vor dem er länger stehen blieb, kannte er von einer Abbildung aus dem Buch eines italienischen Philosophen.

Robert hatte sich gerade in den flirrenden Braun- und Grautönen der apokalyptischen Landschaft im Hintergrund verloren, als Julie in den Saal kam. Jedenfalls dachte er, dass sie es war. Sie hatte ihn nämlich kurz zuvor angerufen. Von der Galerie aus. Während ihrer Vernissage. Im größten Trubel. Es war so laut gewesen, dass Robert sie kaum verstand, die Frage, wo er gerade war, nicht eigentlich hörte. Mehr erriet.

Doch nun waren da ihre Schritte. Die alten Parkettböden ließen nicht zu, dass man sich in den Sälen geräuschlos bewegte. Bei Robert knarrte und knirschte das Holz, bei Julie klang es, als ob jemand über eine splitternde Eisfläche lief. Und dann stand sie neben ihm, starrte mit ihm auf das Bild. Die bekannte Künstlerin, die verlorene Schwester. Deretwegen er gerade eine Konferenz geschmissen, Q vor den Kopf gestoßen und seinen Ruf als Wissenschaftler aufs Spiel gesetzt hatte. Aber vielleicht hatte er in diese seltsame Stimmung kippen, sich verspäten und den Vortrag absagen müssen, damit Julie ihn anrufen konnte und sie sich endlich wiederfanden. Seite an Seite. Nach all den Jahren. Hier und jetzt. Das war es doch, was er, seit er wusste, dass Julie in Wien war, von dieser Stadt gewollt hatte, mehr als die Anerkennung seiner akademischen Kolleginnen und Kollegen, sich einmal wieder überwältigen lassen von einem Gefühl. Diesem Gefühl.

Das Bild, auf das er dabei sah.

Nymphe und Schäfer. Links ein Flöte spielender Mann. Sitzend. Weinlaub im Haar. Mit dem Rücken zu ihm und zum Betrachter eine nackte Frau auf einem Raubtierfell. Liegend. Seine Haltung, ihr zugewandt. Sein Blick, selbstvergessen, zärtlich. Ihre Pose lässig. Ihr Gesichtsausdruck verträumt. Tizian malte da ein ganz auf sich bezogenes Paar, das selbst die Kulisse aus gespachteltem Nebel, Feuer und Sturm, die es umgab, nicht zu beeindrucken schien. Nymphe und Schäfer, das waren zwei, die außer einander nichts brauchten.

Robert fuhr sich durchs Haar, wie manchmal, wenn er ärgerlich oder verlegen war, und drehte sich um. Die Frau neben ihm war nicht Julie, sondern jemand, der sich bloß deshalb zu ihm gestellt hatte, weil die Bedeutung eines Werks sich üblicherweise über die Zahl der Leute erschloss, die davorstanden, und in diesem Saal sonst niemand war.

Das zweite Bild, zu dem Robert flüchtete, hing gleich links daneben.

Das Ufer eines Sees, ein Brunnen, Bäume, sich zum Baden richtende Frauen. Sie waren das Gefolge der Hauptfigur. Die badete nicht. Saß auf einem malerisch grob ausgeführten, dunklen Thron. Leicht erhöht. Ein Diadem auf der Stirn. Ihre linke Hand hielt einen Speer. Die rechte zeigte quer über die Mitte auf eine in der linken Hälfte des Gemäldes von zwei anderen zu Boden gehaltene Frau. Ihr Gesicht war expressiv gemalt. Ihr Ausdruck. Verzweifelt. Angsterfüllt. Ihr Bauch entblößt. Kallisto. Und die, die über ihr Schicksal entschied. Artemis. Die Jägerin und Göttin.

Robert wartete noch eine Weile. Julie kam nicht.

Er fuhr zurück ins Hotel. Sein Zimmer war noch nicht gemacht. Die nassen Handtücher lagen im Bad auf dem Boden, das Leintuch war zerknittert, die Minibar nicht wieder aufgefüllt. Es fehlte an Bier. Den seltsam etikettierten Rotwein wollte er nicht trinken.
Er könnte ausgehen. Aber der Mann, der allein an der Bar saß, das war eine Pose, die ihm nicht lag. Blieben die vier Fläschchen Wodka. Whisky und Cognac fehlten. Er trank sie alle. Nach dem letzten buchte er statt nach Zürich einen Flug nach Paris. Der einzige, für den es noch Tickets gab, ging Freitag um 21.50 Uhr und kostete ein kleines Vermögen.

Robert schlief schlecht und wachte Freitagmorgen viel zu früh auf. Deshalb hatte er gleich gepackt und saß schon im Frühstücksraum, als Julies Nummer erneut auf dem Display seines Handys erschien. Er hob wü-

tend ab. Doch die Stimme am anderen Ende der Leitung war nicht die seiner Schwester.
Ob er jemand namens Julie Leyroux kenne.
Er bejahte.
In welchem Verhältnis er zu ihr stehe.
Robert erklärte es.
In diesem Fall habe man eine unerfreuliche Nachricht für ihn.
Man, dahinter verbarg sich das Allgemeine Krankenhaus, in das Julie vor Stunden eingeliefert worden war. Sie war frühmorgens in der Nähe des Naschmarkts aufgefunden worden, hatte da bewusstlos auf dem Gehsteig gelegen. Roberts Nummer sei eine der letzten gewesen, die sie am Abend zuvor angerufen hätte und die erste, unter der sich heute Morgen jemand erreichen ließ.
Wie es ihr ginge.
Soweit ganz gut. Es sei trotzdem wünschenswert, dass er demnächst vorbeikomme.

Robert lief sofort los. Auf dem Weg rief er Larissa an. Die fiel aus allen Wolken, wusste von nichts, hatte Julie zu diesem Zeitpunkt noch nicht einmal vermisst. Julie und sie hatten gestritten. Vor der Vernissage. Und ein letztes Mal, nachdem Julie, ohne ihr zu sagen warum oder wohin, einfach aus der Galerie abgehauen war. Diesmal allerdings nur mehr per Chat. Cunt. Bitch. Larissa war allein ins Appartement zurück und lieber schlafen gegangen, als Julie stundenlang nachzutelefonieren.

Im Krankenhaus konnte Robert nicht zu Julie, weil niemand wusste, wo sie war. Erst hieß es, man habe sie zum Röntgen gebracht, dann in einen OP, dann auf diese, schließlich eine andere Station. Jedes Mal schickte man Robert wieder in die Notfallambulanz zurück. Endlich kam Larissa, und alles klärte sich ganz schnell.
Sie sprachen mit einer Ärztin. Die diagnostizierte einen Kreislaufkollaps, bedingt durch Überanstrengung und Stress. Die gute Nachricht. Keine Erfrierungen. Julies Körper war nur stark unterkühlt. Nicht so gut war die Bronchitis, an der sie wohl schon seit Wochen litt. Und diese zufällig entdeckte Verhärtung in ihrer linken Brust. Die müsse man sich noch genauer ansehen.

Gegen Mittag lag Julie in einem Zimmer. Larissa wollte Ann informieren. Julie verbat es ihr. Auch Robert wollte sie nicht sehen.
Robert wollte trotzdem nicht gehen und wartete. Mal in der Cafeteria, mal im Foyer, mal mit Larissa draußen vor dem Haupteingang.
Es war nach ihrer zweiten Zigarette. Larissa ließ sie bis zum Filter abbrennen, ehe sie ihm erzählte, dass sie schwanger war. Und nach einer Pause. Dass Julie ihr gestern gesagt hatte, sie könnte das nicht, Familie, Kinder. Sie hätte ja auch selbst erst an einen Abbruch gedacht. Bis klar war, dass sie Zwillinge bekam, da ging das für sie nicht mehr. Larissa sah ihn an. Julie habe nicht nach dem Vater gefragt. Aber irgendwann würde sie es tun. Und dann wäre alles zu Ende.

Nicht seinetwegen, erwiderte Robert. Denn er habe sich bereits vor Jahren, nach der Geburt seines jüngsten Sohnes, sterilisieren lassen.
Larissa zündete sich eine dritte Zigarette an, warf sie weg, ohne sie zu rauchen und nahm seine Hand. Ihre Finger zitterten vor Erleichterung, als sie sich erkundigte, wie viele Kinder er habe.
Robert fiel auf, dass auch er nichts über Larissa wusste. Also fragte er nach.
So erfuhr er, dass sie in Warschau geboren wurde, aber in Rotterdam aufwuchs, mit dreizehn eine Essstörung entwickelte, mit fünfzehn von zuhause ausriss, erst bei Freunden unterkam, schließlich auf der Straße landete. Als ihre Eltern sie fanden, schickten sie sie nach Polen zurück. Zu ihrer Großmutter. Der sie viel verdankte. Den Schulabschluss. Das Studium. Psychologie und Kommunikationswissenschaften. Dass sie sich zur Yoga-Trainerin ausbilden ließ. Mit Yoga-Unterricht finanzierte sie ihre ersten Reisen. Sie war viel in Südostasien unterwegs. Meist allein und mit Rucksack. Auch später noch. Obwohl sie da schon gut verdiente. In der PR-Abteilung eines großen Versicherungsunternehmens etwa. Zuletzt in führender Position in einer Agentur, die sich auf Content Marketing spezialisierte. Die Arbeit hatte ihr Spaß gemacht, erfüllt hatte sie sie aber nicht.
Dann lernte sie Julie kennen.
Sie hatte einen Freund besucht. Er wohnte in einem kleinen Appartement in Brooklyn. Für Yoga war darin kein Platz.
Wenn Julie eine Nacht durcharbeitete, fuhr sie oft früh-

morgens in den Prospect Park, um den Kopf auszulüften. Manchmal nur, um müde zu werden.
Auch Larissa war hellwach. An diesem Morgen. Der Himmel schien ihr so viel heller als sonst. Die Luft so viel frischer. Julie setzte sich ihr gegenüber auf eine Bank, als sie gerade einen Sonnengruß begann. Ihre Blicke trafen sich. Larissa vergaß zu amten.
Sie rollte ihre Matte zusammen und ging auf Julie zu. Noch am selben Tag holte sie ihre Sachen, kündigte ihren Job und zog bei ihr ein.

Am frühen Freitagnachmittag war plötzlich von einer Biopsie die Rede. Dann bekam Julie Fieber, und weitere Untersuchungen blieben aus. Man würde sie wohl noch ein paar Tage im AKH behalten.
Während der vierten Zigarette meinte Larissa, es mache keinen Sinn, dass Robert weiter hier mit ihr warte. Er zögerte, erkundigte sich, ob sie oder Julie noch etwas bräuchten. Da fragte Larissa nach seinem Hotel. Die Malerin und all die anderen waren bereits abgereist. Allein wollte sie nicht in die Elisabethstraße zurück.

Robert verließ das Allgemeine Krankenhaus gegen halb sechs und machte sich zu Fuß auf den Weg. Er musste sich bewegen. Atmen. Der Wind hatte sich abgeschwächt, und die Luft war weniger kalt. Außerdem trug Robert, weil das Teil nur schlecht in seine Reisetasche passte, einen grauen Hoodie unterm Mantel. In dieser Montur hätte er selbst am Nordpol nicht gefroren.

Larissa würde sich melden, wenn sich an Julies Zustand etwas änderte. Robert überlegte, wie es wäre, jetzt in ihre Ausstellung zu gehen, als sein Blick an einer Kreuzung in ein Schaufenster fiel.
Es gehörte zu einem Laden, der, so machte die Aufschrift klar, Berufskleidung verkaufte. Das Wort stand in schiefer, gebundener Schrift oberhalb des Eingangs. Leuchtete. Strahlte.
In der Auslage hingen Hosen, Hauben, Schürzen und Handschuhe. Ärzte- neben Mechaniker-Kitteln, ihre Ärmel ineinander verschränkt. Es war ein Völker-hört-die-Signale-Bild. Und zugleich eines, das zu sagen schien, wir haben alle unseren Platz. Und da wusste Robert, wo er die nächsten Stunden verbringen wollte. Wo sein Platz war. In der Nationalbibliothek. Die Kopien für T. Nein. Er würde sie dieses Wochenende ja doch nicht mehr treffen.
Robert schaute auf die Uhr, querte die Straße, ohne zu warten, bis die Ampel auf Grün sprang. Doch er beeilte sich umsonst. Die Nationalbibliothek in der Neuen Burg hatte bereits geschlossen. Man ließ ihn nicht einmal in ihre Nähe. Grund war eine Veranstaltung, die in einem angrenzenden Gebäudetrakt stattfand und besonderen polizeilichen Schutz genoss. Auch Museen im Umkreis mussten frühzeitig zumachen. Auf die Schließungen folgten Platz- und Straßensperren, die des Heldenplatzes etwa, eines Teils des Rings. Das gesamte Areal zwischen Johannes- und Herrengasse, flächenmäßig gut ein Viertel der Innenstadt, wurde an diesem Freitag Punkt 16 Uhr zur Sperrzone erklärt. Sobald das Gebiet geräumt, gesichert und abgeriegelt

war, war der Zutritt nur mehr mit Sondergenehmigung möglich.
Der Polizist, der sich Robert beim Sigmund-Freud-Park in den Weg stellte, trug Schlagstock und Helm, war klein und nur halb so alt wie Robert. Er wollte einen Ausweis sehen. Robert suchte.
Er solle die Kapuze abnehmen.
Robert verstand nicht.
Der Polizist fühlte sich provoziert und rief einen der Kollegen herbei, die vor vier Einsatzwägen standen. Dass Robert Ausländer war, machte diesen misstrauisch. Was der Zweck seiner Reise nach Wien sei. Worum es bei dieser Konferenz ginge. Wie lange sie dauere. Zuletzt zeigte er auf Roberts Reisetasche. Robert erklärte, dass sich darin nur Wäsche, Bücher, Unterlagen und ein Notebook befänden. Um die Sache abzukürzen, öffnete er sie.
Er solle sie ausleeren.
Robert weigerte sich.
Da wurden die beiden Polizisten laut und drohten ihm. Ein dritter kam. Erst nachdem Robert diesem seine Bordkarte gezeigt hatte, ließ man ihn endlich gehen. Dass am 29. Jänner 2016 im Festtrakt der Hofburg ein Ball stattfand, auf dem sich Rechtsextreme aus ganz Europa versammelten, erfuhr Robert im Taxi.

Die Fahrt aus der Stadt dauerte lange. Straßensperren bedingten Umleitungen, und die verursachten Stau. Dafür war Robert am Flughafen in Minutenschnelle durch den Sicherheitscheck.

In der Nacht auf Samstag stieg Julies Fieber stark an. Bis Sonntagabend hatte sich ihre Temperatur stabilisiert.
Montagfrüh war sie überraschend fieberfrei. Bereits am Nachmittag wurde sie auf eigenen Wunsch aus dem AKH entlassen.

Robert hatte seit Freitag oft mit Larissa telefoniert. Jetzt, da zwischen ihnen alles klar war, verstanden sie sich sehr gut. Julie sprach er nur einmal. Ganz kurz.
Seine Schwester müsse sich dringend ein paar Tage ausruhen, erklärte Larissa Montagabend, ehe sie ihr Handy an Julie weitergab. Robert lud sie nach Paris ein, bot ihr und Larissa seine Wohnung an.
Er war sicher, Julie würde ablehnen. Aber sie sagte zu. Und er begann sofort, seine Sammlung aus ihrem Zimmer zu räumen.

Dienstagvormittag hatte Julie in Wien noch einen Arzttermin, zu dem Larissa sie begleitete. Danach wollte sie noch kurz in die Galerie. Larissa versuchte, ihr das auszureden. Sie hatte Sorge, ein Treffen mit Ann würde Julie zu viel. Denn sie hatte wieder höheres Fieber. Aber Julie bestand darauf. Wenigstens lag die Privatordination des Spezialisten, der sich im AKH zuletzt um sie gekümmert hatte – er war ein Freund des Bärtigen – in Galerienähe, genauer an der U-Bahnstation Museumsquartier, in einem Haus auf der Babenberger Straße.
Bevor Julie klingeln konnte, machte Larissa kehrt, lief den Abgang zur U-Bahnstation, den sie gerade erst heraufgekommen waren, weil das Taxi sie auf der fal-

schen Straßenseite abgesetzt hatte, wieder hinunter und stürzte in der Passage auf eine öffentliche WC-Anlage zu. Sie schaffte es mit Mühe in die erste Kabine. Dabei war ihr, seit sie schwanger war, nie schlecht geworden. Julie rannte ihr nach. Wartete bei den Waschbecken auf sie. Da fiel ihr Blick in einen frisch geputzten Spiegel. Sie sah sich darin an. Zog sich die blaue Wollhaube vom Kopf, holte eine an den Enden vergoldete Nagelschere, also eigentlich war es eine Hautschere, aus ihrer Tasche hervor, schob den Haargummi ein wenig nach unten und schnitt ihren Zopf mit vielen kleinen, wütend geführten Schnitten auf Nackenhöhe ab.
Als Julie ihren abgeschnittenen Zopf in der Passage bei den Telefonnischen auf den Boden warf, war es kurz nach halb zehn.

Julie wollte noch allein mit dem Arzt reden und schickte Larissa zu Ann voraus. Auf dem Weg in die Galerie informierte Larissa Robert. Und stimmte schließlich nur zu, die Praktikantin und Anns Sohn zu begleiten, damit sie auch ihrer Großmutter in Warschau Bescheid geben konnte. Ins Kindermuseum kam sie nicht mit. Stattdessen fuhr sie ins Hotel, um Julies und ihre Sachen zu holen.

Robert verbrachte den Dienstagvormittag auf der Universität. Nach Larissas Anruf fuhr er in die Rue des Troglodytes zurück und räumte die letzten Objekte aus Julies Zimmer. Darunter ein historisches Teleskop. Er hatte es vor Monaten ersteigert, aber noch nie ausprobiert. Er nahm es ins Wohnzimmer hinüber und stellte

es auf. Setzte sich in den Ball Chair und wartete. Dass es dunkel wurde und der Himmel sich aufklarte.
Als die Wolkendecke Stunden später endlich aufbrach, hatte Robert keine Lust mehr, nach Sternen zu suchen. Er rief seine Tochter an. Sie hob nicht ab.
Bei ihrem letzten Besuch hatte sie ihm zum Abschied eine Zeitung geschenkt, damit er sich später an diesen Tag erinnerte. Dabei war das Zeitungstagebuch ursprünglich seine Idee gewesen. Seine Tochter hatte einen hohen Stapel „Le Monde"-Ausgaben zuhause. Sie dokumentierten den Tag, an dem sie ihr erstes Wort gesagt hatte, das erste Mal freihändig Rad gefahren war, das erste Mal, das sie allein geflogen war. Wohin, wusste Robert nicht mehr.
Er tippte auf sein Handy. In letzter Zeit hatte er seiner Tochter nicht einmal mehr regelmäßig zu ihren Geburtstagstreffen eine Zeitung geschenkt. Er überlegte, Julies wegen eine zu holen, rief dann aber doch nur Google-News auf.
Die Hauptschlagzeilen an diesem Dienstag, 2. Februar 2016:
Beginn der Vorwahlen in den USA. Ergebnisse aus Iowa.
EU. Einigung auf Reformpaket, das Großbritannien weitere Sonderregelungen zugesteht.

Larissa schrieb, dass sie und Julie um halb fünf in der Rue des Troglodytes eintreffen würden. Um halb sechs hatte Robert noch nichts von ihnen gehört, so zog er seinen Mantel an. Er wollte draußen auf sie warten. Plötzlich die Gewissheit, dass Julie schon da war. Er sagte laut ihren Namen. Öffnete die Tür. Und da stand

sie. Kaum zwei Armlängen von ihm entfernt, in der Nähe des Lichtschalters im Flur. Sehr aufrecht, sehr groß. Und so ruhig, dass ihm sofort klar war, sie stand da schon seit fünf oder zehn Minuten. Wartete.
Sie war allein.
Robert sah sie an. Lächelte. Und vergaß den Satz, den er sich beim Umräumen zurechtgelegt hatte, für den Fall, dass er sie verlebt und fremd wiederfand und über ihren Anblick erschrak, weil er nur dann gut log, wenn er Spaß daran hatte. Diesen Satz, der mit den Worten „du hast dich nicht verändert" begann und gar keine Lüge war. Nicht sie, *er* hatte sich verändert. Bis zu diesem Augenblick war ihm nicht aufgefallen, wie sehr. Erst ihr gegenüber schienen seine Augen so viel weniger grün, sein Lächeln weniger hell, hatte seine Haltung so viel weniger Spannung.
Ihn packte eine unbestimmte Wut, auf sich, die Situation, auf sie. Da stürzte Julie auf ihn zu und umarmte ihn. Ein Gefühl der Zugehörigkeit, das er bei niemand sonst empfand.
Er hielt sie fest.
War glücklich. Und als Julie ihn wieder losließ, ein anderer geworden. Jemand, der bereit war, einen Teil von sich aufzugeben. Eingesehen hatte. Du musst dein Leben ändern.

Julie sah sich nur kurz in der Wohnung um und wollte dann ein Bad nehmen. Bei ihrer Ankunft in Paris habe es Probleme mit dem Gepäck gegeben. Larissa sei deshalb noch am Flughafen. Robert war sicher, sie und Larissa hatten gestritten.

Jedenfalls hatte Julie keine Sachen zum Wechseln dabei. Robert bot an, ihr etwas zu borgen. Sie ließ im Bad bereits das Wasser ein, als er in seinem Zimmer noch nach frischer Wäsche für sie suchte. Er hatte Mühe, dabei nicht an ihre Brüste zu denken, das Seestern-Tattoo oberhalb ihrer linken, und legte ihr Sweater und Hose schließlich vor die Tür. Als sie ihn rief, bat, ihr die Zigaretten aus dem Mantel zu holen, brachte er sie ihr, obwohl er sie hatte husten hören. Julie lag in der Wanne. Sie streckte eine Hand nach ihm aus, und er setzte sich zu ihr. Wie schön es hier sei, sagte sie. Sie merke eben erst, wie sehr sie dieses Bad vermisst habe. Seit sie aus Paris weg war, habe sie nie wieder in einer Wohnung gelebt, in der es eine Wanne gab oder ein Badezimmer, das groß genug gewesen wäre, eine einzubauen. Und dass im Hotel oder bei anderen zu baden, nicht dasselbe sei… Sie lehnte sich zurück und schloss die Augen. Ihre Haare waren nass geworden. Das machte deutlich, wie verschnitten sie waren.

Robert sprach sie darauf an.

Als Larissa vor der Arztpraxis schlecht geworden, sie davongelaufen sei, habe auch sie Angst bekommen. Sich die Haare abzuschneiden, sei ein Mittel gewesen, etwas gegen diese Angst zu tun. Mit dieser Schere. Aus dem Reisenecessaire ihrer Mutter, das sie stets bei sich trug. Es habe zu den wenigen Dingen gehört, die ihre Mutter selbst einpackte, als sie zum Sterben zurück ins Krankenhaus ging.

Und dann erzählte Julie Robert von der Tür, die in der Nacht auf Samstag in einer Wand ihres Einzelzimmers aufgegangen war, einer Wand, die tagsüber keine Tür hatte, und der Frau, die wartend in dieser Tür stand. Nacht für Nacht. Ihrem kalkweißen Gesicht. Und sie erzählte ihm von der Ordination, den weißen Freischwingern im Wartezimmer, den weißen Vorhängen, den strahlend weißen Sneakers, die der Freund des Bärtigen anhatte, dem weißen iMac, auf den er starrte, während er ihr mit einer Stimme, die so hell und unverbindlich klang wie seine Praxis wirkte, sagte, dass sie todkrank sei.

Robert rief Larissa gegen halb neun an, als Julie in ihr Zimmer gegangen war, und erreichte sie noch am Flughafen. Sie hatte bereits nach New York eingecheckt und wartete am Gate. Er bat sie, nicht abzureisen, beschwor sie, Julie nicht zu verlassen.

Larissa wollte, dass er die Nacht bei ihnen verbrachte. Auch die nächste. Nach zwei Wochen hörte er auf, darüber nachzudenken, ob und wie lange noch.
In der vierten beschlossen Julie und Larissa, in Paris zu bleiben.
Robert holte seine Sachen von T.
Einen Monat später ließ er sich von der Universität beurlauben.

Als eine befreundete Schriftstellerin zu Besuch kam und schließlich bei ihnen einzog, löste er seine Sammlung auf, um ihr Platz zu machen. Er verschenkte sie in Teilen an seine Universität, gab alle Objekte auf einmal weg. Nur das eine Teleskop behielt er. Anfang Juni verkaufte er den Steinway.

Dann wurden die Zwillinge geboren, und ein halbes Jahr lang drehten sich Roberts Tage mehr um sie als um Julie. Klervie, die jüngere der beiden, hielt dafür zeitlebens mit ihm Kontakt. Sie sah Julie, im Gegensatz zu ihrer Zwillingsschwester Kea, später auffallend ähnlich.

Julie wurde in Paris ruhiger. Ende 2016 heiratete sie Larissa. Da sah es so aus, als ob sich die Krankheit besiegen ließ.
Mitte März 2017 dann die Nachricht, dass ihr Zustand sich weiter verschlechtert hätte. Bevor sie alle Behandlungen abbrach, war sie wilder und rastloser denn je.
Anfang Sommer tauchte sie ab.
Sie verabschiedete sich weder von Robert noch von Larissa.
Nur die befreundete Schriftstellerin kannte den Ort, an dem sie sich aufhielt. Aber auch sie war nicht bei ihr, als Julie Mitte Oktober starb.

Im Frühsommer 2018 brachte die Schriftstellerin in Zusammenarbeit mit Larissa ein Buch heraus, das Julies Rückzug, die Monate bis kurz vor ihrem Tod dokumentierte.
Das Buch erschien zeitgleich auf Französisch und Englisch. Es wurde Julie nicht gerecht. Robert fand, es mangelte ihm an Härte, Witz, Rücksichtslosigkeit.
Der wichtigste Satz stand auf der ersten Seite. Julie schrieb, dass ihr künstlerisches Werk sich so radikal auf das Leben bezog, dass es jetzt, da sie starb, jede Aufrichtigkeit verlor.

Kurz bevor das Buch in Druck ging, brach Larissa zusammen. Und verlangte Änderungen. Bis auf diesen einen Satz wurden alle Stellen gestrichen, an denen die Schriftstellerin aus Aufzeichnungen Julies zitierte. Zwei Dutzend loser, dicht gefüllter Blätter, die Gedanken nicht immer ganz ausformuliert und in dieser ungeduldigen Schrift zu Papier gebracht, die so typisch für sie war.

Julie schrieb über die Hilflosigkeit der anderen, den Ekel, über Vorwürfe, Schadenfreude, Diagnosegespräche, die mit Schuldzuweisungen begannen. Über das, was ihre Krankheit jenseits der Verheerungen, die sie in ihrem Körper anrichtete, mit ihrem Kopf anstellte. Darüber, wie sie sich langsam in diese stille, duldsame, demütige Frau verwandelte, in der sie sich nicht wiedererkannte.

Sie fragte sich, warum sie ausgerechnet als Kranke beginnen sollte, gesund und maßvoll zu leben, nichts mehr trinken, nicht lieben, und suchte in großen, mit einem grünen Stift geschriebenen Worten nach der Frau, die sie gewesen war, bevor ihr jemand das Wort Tod wie ein Pendel vors Gesicht hielt und sie mit seinen Schwingungen so hypnotisierte, dass sie glaubte, mit dem Sterben auch eine Moral annehmen zu müssen, die sie nicht hatte leben wollen. Sie ärgerte sich, dass sie plötzlich ökonomisch dachte, auf Knappheit mit Sparsamkeit reagierte und auf Fragilität mit Vorsicht. Und beschloss, das ab sofort sein zu lassen, jede Warnung in den Wind zu schlagen und mit der Zeit und den Ressourcen, die ihr noch blieben, umzugehen, als hätte sie im Überfluss davon, sich umso mehr zu verausgaben, je unmöglicher es wurde. Ja, sie wollte alles, was noch in ihr war an Lust und Liebe, was sie noch besaß an Kraft und Geld restlos verschwenden, sich auf eine Art ans Ende bringen, die sie mit nichts versöhnte. Denn sie wollte sich nicht versöhnen und auch nicht noch einmal ein großes Fest feiern. Der Tod machte sie nicht sentimental. Und wenn sie nicht an Selbstmord dachte, dann, weil sie nicht bereit war, nachzugeben.

An dem Tag, an dem Robert von Julies Tod erfuhr, prügelte er sich grundlos mit einem Bekannten.

Er blieb noch ein halbes Jahr bei Larissa und den Zwillingen.

Während dieser Zeit verliebte er sich in ein Wort, das Larissa verwendete. „znużenie" bedeutete Müdigkeit, Erschöpfung, Überdruss. Wenn Larissa es aussprach, klang das so anklagend, mutlos und zärtlich zugleich, dass „znużenie" für Robert Ausdruck der Leere wurde, die Julies Tod in seinem Leben hinterließ. Später, mit Ende fünfzig, würde er es als Synonym für die Depression verwenden, in die er, obwohl beruflich sehr erfolgreich, schlittern sollte.

Schließlich hielt Larissa es nicht mehr aus, ohne Julie in der Rue des Troglodytes zu leben. Robert gab die Wohnung auf und zog zu T.

Das Haus wurde bald darauf renoviert, die grünen Eingangstüren überstrichen.

Auf ihrem Stockwerk mietete sich ein Team plastischer Chirurgen ein und eröffnete in den umgestalteten Räumen eine Beauty-Tagesklinik.

Wenn Robert Jahre später zufällig in die Nähe der Rue des Troglodytes kam – eigentlich mied er die Gegend – und an ihre Wohnung dachte, erinnerte er sich an die geblümten Fliesen im Bad, den Hocker, auf den er sich gesetzt hatte, Julies Hand, die Wärme des Wassers, seine nassen Ärmel, die Welle, die auf den Boden schwappte, als er zu seiner Schwester in die Wanne stieg, fühlte die Härte ihrer Knie, sah die Wolkenformen, die der Schaum auf ihren Schultern annahm, ihre schwarz lackierten Zehennägel, die wie dunkle, schmale Felsen über seiner Brust aus dem Wasser ragten, nachdem Julie sich darin ausgestreckt hatte.

Epilog I

Eine halbe Stunde Mitte November 2019
in einem gut gesicherten, zollfreien Kunstdepot

Ann zögerte. Die Entschlossenheit, mit der sie das Depot betreten hatte, war verflogen. Sie stand reglos vor dieser einen „Share Some Sweets With Me While I'm Away"-Skulptur, die sie hier vor nicht ganz zwei Jahren eingelagert hatte, und vergaß, ihre Handtasche abzustellen, obwohl sie an diesem Vormittag außergewöhnlich schwer war. Es befanden sich Werkzeuge darin. Ein Hammer, eine Brechstange, ein paar Zangen. Sie wollte nicht zu brutal vorgehen und hatte daher verschiedene Modelle eingepackt, nicht wissend, welches sich am besten eignete, ein Schloss aufzubrechen.

Anfangs hatte es Ann nichts ausgemacht. Ausgerechnet diese Arbeit zu besitzen. Im Gegenteil, sie war stolz gewesen, dass ihr Kästchen mit dem frühesten Datum programmiert war, das erste der Serie sein würde, das sich öffnete.

Seit Julies Tod beunruhigte es sie. Plötzlich war da das Gefühl, nicht *sie* hätte diese Arbeit ausgesucht, sondern die Arbeit *sie*. Die Zeitspanne war zu einer Frist geworden, die sie unmittelbar betraf. Je näher der Tag rückte, an dem ihre „Share Some Sweets With Me While I'm Away"-Skulptur zu Ende ging, umso mehr fürchtete sie ihn. Zuletzt hatte sie an nichts anderes mehr denken können als an das Zeitschloss, den Mechanismus, der sich in seinem Inneren verbarg und die Tage, Stunden und Sekunden herunterzählte bis zu diesem Moment,

den Julie vor Jahren festgesetzt hatte, der jetzt ihr Moment war.
Anfang November beschloss sie, wegzufahren, wenn das Kästchen aufsprang. Sie nahm sich Urlaub und flog nach Lanzarote. Aber wo sie auch hinkam, sah sie Julie und hinter ihr diese Arbeit. In einer grünen vom Meer gespeisten Lagune ihre Augen, im dunklen, vulkanischen Sand den schwarzen Nagellack, den sie oft trug. Also setzte Ann sich wieder in den Flieger und kehrte zurück. Einen Tag, bevor die Frist ablief.

Julie hatte noch in der Woche, in der sie aus Wien abgereist war, ernst gemacht mit der Idee, alle Werke, die von ihr in Ausstellungen zu sehen waren, zu verschenken, vorbehaltlos und ganz gleich an wen. Eine Aktion, die auf wenig Gegenliebe stieß.
Sammler diffamierten sie – darunter einige, die gar keine Arbeit von Julie besaßen –, „Bluechip“-Kolleginnen und Kollegen polemisierten. Auch ein paar Kuratoren gingen auf Distanz. Dabei hielt sich ohnehin kaum jemand daran, Galeristen führten ihre Arbeiten über Umwege bloß den eigenen Sammlungen zu.
Erst recht, nachdem im Herbst 2016 ein Feuer in Julies New Yorker Atelier alles vernichtete. Entwürfe, Werke aus über fünfzehn Jahren und sämtliche Konzeptbücher verbrannten.
Der Verlust ihrer Konzeptbücher traf Julie am schwersten, denn sie führte diese Bücher, eigentlich Materialsammlungen, seit sie Kunst studierte.
Für jedes Werk legte sie zwei Bücher an, eines, dessen Inhalt – Texte, Zeichnungen – sie gelegentlich auch aus-

stellte, und ein zweites, das niemand zu sehen bekam. Nicht einmal Larissa. Unter den Werken, die den Flammen zum Opfer fielen, waren auch jene vier „Share Some Sweets With Me While I'm Away"-Kästchen, die Larissa damals nicht nach Wien geschickt hatte.

Ermittlungen ergaben, dass das Feuer gleichzeitig an mehreren Stellen ausgebrochen war. Der Verdacht auf Brandstiftung erhärtete sich. Bewiesen werden konnte er nicht.

Und Ann. Von den drei in ihrer Galerie gezeigten Skulpturen war eine bereits verkauft, als Julie ihren Rückzug bekanntgab, eine verschenkte sie später an die „Garage", ein Collector-Kollektiv mit über 250 Mitgliedern, das für eine vergemeinschaftete, kooperative Form des Sammelns stand und zugleich einen freieren, intimeren Umgang mit Kunst propagierte. Das war ganz in Julies Sinne und außerdem eine sehr medienwirksame Sache.
Das Video ging schließlich ans MUMOK.
Und die dritte „Share Some Sweets With Me While I'm Away"-Skulptur, die tauschte Julie kurz vor Ende der Ausstellung, als Ann zum letzten Mal mit ihr telefoniert, ja überhaupt zum letzten Mal mit ihr gesprochen hatte, gegen ein Versprechen, das Ann nicht hielt.
Ihren gesamten Nachlass zu vernichten.

Ann stand immer noch reglos da. Sie dachte an Larissa, mit der sie sich heute besser verstand. Ihren Schmerz. Die Nicht-Ausstellung im MUMOK, die sie mitorga-

nisiert hatte. Die Zwillinge. Ihre roten Wangen. Den einen Abend, an dem sie sich als Babysitter angeboten hatte, als Larissa anlässlich der Eröffnung für ein paar Tage nach Wien gekommen war. Julie war damals schon abgetaucht.
Sie dachte an die Eröffnung selbst. Wie sehr Julie dort gefehlt hatte. Den Andrang. Die erste Besucherin, die sich das Haus mit ein paar Decken zueigen gemacht hatte. Und an diesen Moment, Monate später, als sie im Anschluss an ein Treffen mit Hannah abends noch in die Galerie gegangen war und plötzlich erkannt hatte, dass es für jemand mit ihrem Umsatz und ihrem Programm keinen Sinn mehr machte, fixe Räume zu bespielen, dass „Zimmer, Küche, Bad in Arkadien“ in dieser Form längst obsolet geworden war, sie sich ganz neu würde aufstellen müssen.

Und endlich kehrte der Elan zurück. Sie war wieder fest entschlossen. Stellte ihre Tasche ab. Nahm Hammer und Zange heraus. Es brauchte nicht viel Kraft, das Kästchen aufzubrechen. Als es offen war, verspürte sie keine Erleichterung.
Eine Welle von Traurigkeit überspülte sie. Sie schämte sich. Und schob sich die Hälfte der Bonbons, die es enthielt, auf einmal in den Mund.

Epilog II

Eine unbestimmte Zeitspanne im Jahr 2064, sieben Monate nach der Landung der Raumsonde CANDY auf dem Jupitermond Kallisto

Zwischen der ersten Sichtung der vier größten Jupitermonde durch Galileo Galilei Anfang Jänner 1610 und dem Start der ersten Raumsonde, die vordringlich ihrer Erforschung gewidmet war, lagen über vierhundert Jahre. Und es sollten nach Beginn dieser Mission noch einmal über vierzig Jahre vergehen, bis das erste menschengemachte Objekt auf einem dieser Monde landete.

Die Raumsonde JUICE (JUpiter ICy moons Explorer) hob mit mehrtägiger Verspätung am 11. Juni 2022 auf dem Rücken einer Ariane-5-Trägerrakete vom Centre Spatial Guyanais bei Kourou ab ins All. Im Jänner 2030 trat der Orbiter schließlich in die Jupiterumlaufbahn ein, erforschte in den folgenden zweieinhalb Jahren außer Jupiter selbst vor allem die Monde Europa und Kallisto, ehe er im September 2032 in die Umlaufbahn Ganymeds einschwenkte, das Hauptziel dieser Mission.
Der Lander CANDY (CAllisto eNvironmental conDitions surveYor) war zu diesem Zeitpunkt bereits angedacht. Er startete allerdings erst fünfundzwanzig Jahre später, am Vormittag des 14. Mai 2058, und setzte am 28. Dezember 2063 in der Nähe des Asgard-Beckens auf der zerfurchten Oberfläche des Mondes Kallisto auf.

Was die drei äußeren galileischen Monde besonders machte? Dass es Hinweise auf flüssige Salzwasserozeane unter ihrer Eishülle gab. Und damit möglicherweise Leben.
Kallisto wurde außerdem bereits 2003 von der NASA in einer Studie namens HOPE als möglicher Ort einer künftigen Oberflächenbasis genannt.

JUICE hatte ursprünglich gemeinsam mit den USA auf den Weg gebracht werden sollen, war jedoch als rein europäisches Projekt weiterverfolgt worden, nachdem die NASA aufgrund von Budgetkürzungen 2012 aus dem Programm ausgestiegen war. Es sollte die erste von der ESA selbstständig durchgeführte Large-Class-Mission werden.
Auch bei CANDY, ebenfalls eine Large-Class-ESA-Mission, war eine Zusammenarbeit mit der NASA an Budgetkürzungen gescheitert. Versuche, die Roskosmos oder die CNSA an Bord zu holen, waren aus politischen Gründen fehlgeschlagen.

War die Finanzierung von JUICE zulasten anderer ESA-Projekte gegangen, war bei CANDY ein privater Großsponsor eingesprungen. Eine Stiftung hatte die fehlenden Geldmittel zur Verfügung gestellt. Ihr Engagement wurde nicht unkritisch gesehen. Da die Stiftung zugleich Anteile am größten Zulieferer hielt, den Airbus, der Hauptauftragnehmer dieses Projekts, am Bau des Landers beteiligt hatte.

Als die Raumsonde CANDY ihre Reise zu Kallisto antrat, hatte sie außer einem Rover und den Forschungs-

instrumenten eine künstlerische Arbeit an Bord. Das erste originale Kunstwerk, das ins All geschickt wurde. Wissenschaftlichen Nutzen hatte es selbstredend keinen. Im Gegenteil. Im Vergleich zu den kulturhistorischen Objekten, die vor ihm als Beigaben in den Weltraum gereist waren, etwa die Legofiguren von JUNO oder die Golden Records der Voyagers, war es weder durch seine Art, die gespeicherte Information noch als Objekt unmittelbar verständlich.
Das Kunstwerk, das als terrestrische Grußbotschaft zu Kallisto flog, war 2016 in einer Ausstellung in Wien zu sehen gewesen. Es handelte sich um die letzte noch unrealisierte „Share Some Sweets With Me While I'm Away"-Skulptur von Julie Leyroux.

Die Stiftungsgründerin, die Frau, der das große Zulieferunternehmen gehörte, hieß Zoé. Sie hatte ihre Finanzierungszusage an die Bedingung geknüpft, dass Julies Kästchen im Bauch des Landers Platz fand.

Zoé hatte diesen Teil der Mission dem Andenken an ihren Stiefvater Nathan gewidmet, sich im Vorfeld aber auch mit Klervie in Verbindung gesetzt, die seit Larissas Tod Julies Nachlass verwaltete.

„Trois, deux, un ... top, décollage."
Der Start von JUICE, den Zoé zwanzigjährig vor Ort mitverfolgt hatte, war ein Ereignis, das ihr Leben veränderte.
Die Begeisterung, die sie erfasste, als sie nach der letzten Rede von der Besuchertribüne im Kontrollraum auf

die VIP-Terrasse hinaustrat, ließ sie nie wieder los. Der leere Himmel. Die Sicht auf die Startrampe. Die angespannte Stille. Und dann. Dieses Grollen, der Rauch, das Feuer, der Wind und das Licht. Ein Gefühl, an das in seiner Intensität nur ein besonderer Moment nach dem Walk im Rahmen des „Poème noctambule“ und, im Negativen, der Verrat eines Freundes heranreichten. Als die Rakete schließlich so hoch gestiegen war, dass Zoé ihren Kopf in den Nacken legen musste, um ihr weiter folgen zu können, hatte sie immer noch Gänsehaut.

Kurz bevor der Countdown begann, hatte Zoé nach der Hand ihres Vaters gesucht, der sie nach Kourou eingeladen hatte. Selbst als Kind hielt sie seine Hand nur, wenn ihre Mutter sie darum bat. Denn sie liebte ihren Vater nicht. Nicht als Kind, nicht in den Jahren, in denen sie bei ihm wohnte. Nicht, als er starb. Sie liebte nur ihren Stiefvater Nathan. Aber von diesem Moment an hatte sie eine Begeisterung mit ihm geteilt, die ihr ebenso wichtig war.

Zoés Vater gehörte ZAT Mécatronique, ein mittelständisches Unternehmen, das sich auf Design und Entwicklung von Deep-Space-Antennen, Radio- bzw. optischen Teleskopen und den Betrieb von Bodenstationen für die Satellitenkommunikation spezialisiert hatte, 2024 etwa 700 Leute beschäftigte und jährlich knapp 150 Millionen erwirtschaftete.
Zoé machte aus ZAT Mécatronique später den Konzern ZE-Aerospace, der Bauteile für die Luft- und Raum-

fahrtbranche produzierte, Ende der 2040er Jahre, kurz bevor die USA aus der Kallisto-Mission ausstiegen, bereits mehr als 45.000 Mitarbeiter zählte, bei einem Umsatz von über 6,5 Milliarden.

Wenn Zoé in Interviews gefragt wurde, wann sie sich entschieden hatte, die Firma ihres Vaters zu übernehmen, dann erzählte sie von JUICE und diesem Tag. Von der Balkonterrasse, von der aus sie noch in den Himmel gesehen hatte, lange nachdem die letzte Spur der Trägerrakete verschwunden war, und den Reden, die vor Start gehalten worden waren. Erinnerte sich an Schlagworte und halbe Sätze mit dem Namen Galileo Galilei. Über die Erfindung des Fernrohrs und seinen Einsatz als Instrument der Wahrheit, über die Entdeckung der Jupitermonde als Beginn unserer modernen, wissenschaftsgeleiteten Zeit.

Nach dem Start von JUICE war Zoé in unregelmäßigen Abständen nach Kourou zurückgekehrt. Von der Balkonterrasse des Centre Spatial Guyanais hatte sie schließlich so viele Take-Offs verfolgt, dass sie aufgehört hatte, zu zählen. Die Besuchertribüne im Kontrollraum war ihr mindestens ebenso vertraut.
Nur der Kontrollraum selbst. Ihn hatte sie insgesamt lediglich drei Mal betreten. Im Verlauf einer einzigen Mission. CANDY. Das erste Mal am Tag ihres Starts. Das zweite Mal am Tag der Landung. Das dritte Mal etwa ein halbes Jahr später, am 27. Juli 2064, dem Tag, an dem die „Share Some Sweets With Me While I'm Away"-Skulptur zu Ende ging.

Der Rover stellte sie gegen 16 Uhr mit seinem Greifarm etwa vierhundert Meter vom Landepunkt entfernt ab, fuhr dann ein wenig zurück, richtete seine Kamera auf das Objekt aus und begann zu filmen. Als die ersten Bilder auf der Erde über die Bildschirme flimmerten, erkannte man nicht viel. Die Kamera des Rovers hatte nicht richtig fokussiert. Und dann brach das Signal unerwartet ab.

Über die Bilder, die der Rover in den folgenden Tagen nach Kourou schickte, wurde Zoé zunächst nicht informiert. Schon weil die seltsamen Vorgänge, die sie dokumentierten, wissenschaftlich nicht zu erklären waren. Erst nachdem sich das Phänomen großflächig auszubreiten begann, verständigte man sie.

Die Sache war nämlich die. Als der Rover auf dem Rückweg einer längeren Tour am 28. Juli die Skulptur erstmals wieder routinemäßig fotografierte, zeigte sich, dass die Tür des Kästchens offenstand. Und. Es war leer. Das war insofern bemerkenswert, als die Position des Kästchens unverändert schien.

Man ließ den Rover eine Weile nach dem Inhalt des Kästchens suchen, aber so weit man den Radius auch zog, man entdeckte nichts.

Am 29. Juli begann sich die Oberfläche von Kallisto an einer Stelle in der näheren Umgebung des Kästchens leicht zu verfärben.

Am 30. Juli nahm die Intensität der Farbe zu. Man erkannte ein helles Rosa, die Stelle war nun ein Fleck. Dieser Fleck breitete sich von Stunde zu Stunde weiter aus.

Nach einer Woche erreichte er die Größe von mehreren Quadratkilometern. Zur rosa Fläche kamen jetzt weiße, gelbe, rote und grüne Streifen hinzu. An diesem Punkt dachte man erstmals an eine Form interplanetarer Kontamination. Mit Julies Skulptur brachte man das Phänomen trotzdem noch nicht in Verbindung. Das geschah erst, als der Farbschleier etwa einen Monat später schließlich den ganzen Mond überzog und sein Muster keinen Zweifel mehr zuließ.

Kallisto, das kalte Gestirn, erstrahlte am Himmel als riesiges Zuckerl.

Bibliografische Information der Deutschen Nationalbibliothek
Die Deutsche Nationalbibliothek verzeichnet die Publikation in der Deutschen Nationalbibliografie; detaillierte bibliografische Daten sind im Internet über http://dnb.ddb.de abrufbar.

Salzburg – Wien
Lektorat: Silke Dürnberger
Gestaltung: Müry Salzmann Verlag
Titelbild: Asgar/Gabriel „o.T" 2020, Öl auf Leinwand, 200 x 120 cm
Druck: GGP Media GmbH, Pößneck
ISBN 978-3-99014-215-8
www.muerysalzmann.at

Literatur im Müry Salzmann Verlag

Ganz subtil geht es in diesem Buch um die großen Themen, ums Sehnen und Sichbefreien, um die Überwindung der Verletzung und des Verlassenwerdens.
Frankfurter Allgemeine Zeitung

ISBN 978-3-99014-206-6
128 S., EUR 19,-

Ein einziges Klangkörperhaus.
manuskripte

Eine Rarität auf dem heutigen Literaturmarkt.
Die Furche

ISBN 978-3-99014-193-9
120 S., EUR 19,-

Ein Roman über ein Jahrhundert, der auch die poetische Kraft besitzt, ein Jahrhundertroman zu werden.
Mitteldeutsche Zeitung

ISBN 978-3-99014-201-1
504 S., EUR 29,-

müry salzmann

Eine Reise ins Unbewusste des Landes.
Süddeutsche Zeitung

ISBN 978-3-99014-194-6
192 S., EUR 19,-

Eleonora Hummel ist eine fantastische Erzählerin.
Salzburger Nachrichten

ISBN 978-3-99014-196-0
464 S., EUR 24,-

Diese Gedankenskizzen sagen viel über Walter Kappachers denkerisches Temperament.
Frankfurter Allgemeine Zeitung

ISBN 978-3-99014-167-0
184 S., EUR 24,-

www.muerysalzmann.at